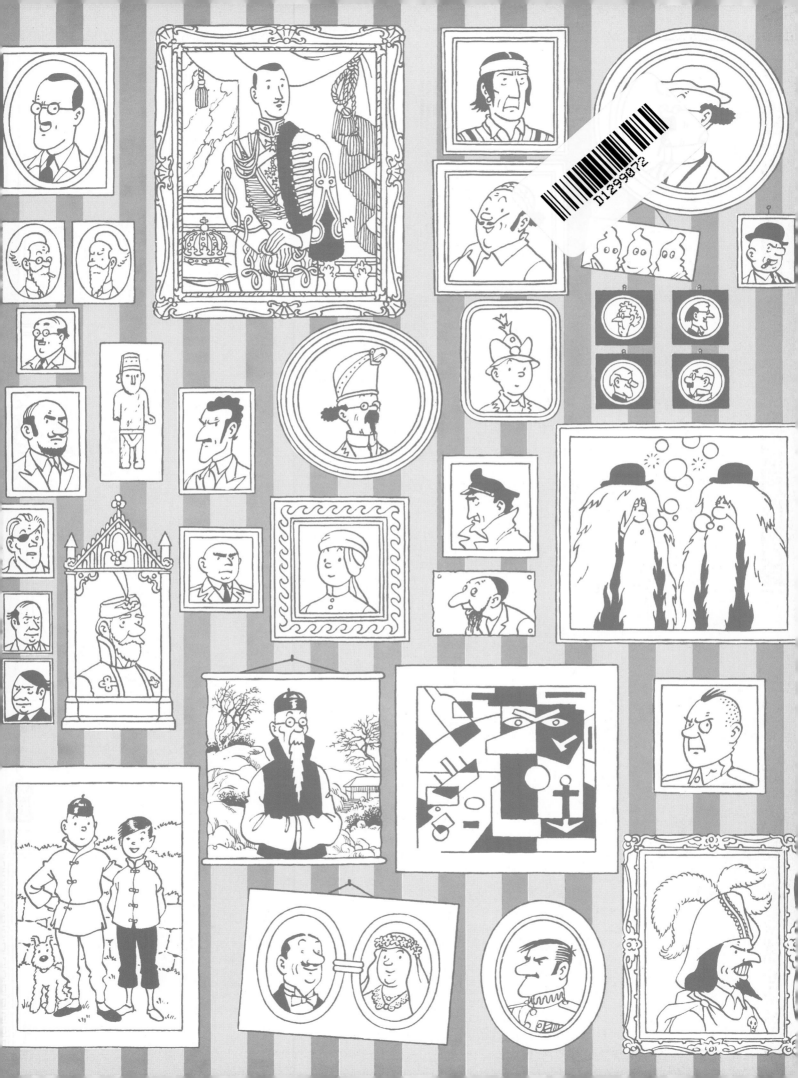

D1299072

- HERGÉ -

LES AVENTURES DE TINTIN

L'ILE NOIRE

casterman

Les Aventures de TINTIN et MILOU
sont disponibles dans les langues suivantes :

allemand :	CARLSEN
alsacien :	CASTERMAN
anglais :	EGMONT
	LITTLE, BROWN & Co.
basque :	ELKAR
bengali :	ANANDA
bernois :	EMMENTALER DRUCK
breton :	AN HERE
catalan :	CASTERMAN
chinois :	CASTERMAN/CHINA CHILDREN PUBLISHING GROUP
cinghalais :	CASTERMAN
coréen :	CASTERMAN/SOL PUBLISHING
corse :	CASTERMAN
danois :	CARLSEN
espagnol :	CASTERMAN
espéranto :	ESPERANTIX/CASTERMAN
finlandais :	OTAVA
français :	CASTERMAN
gallo :	RUE DES SCRIBES
gaumais :	CASTERMAN
grec :	CASTERMAN
indonésien :	INDIRA
italien :	CASTERMAN
japonais :	FUKUINKAN
khmer :	CASTERMAN
latin :	ELI/CASTERMAN
luxembourgeois :	IMPRIMERIE SAINT-PAUL
néerlandais :	CASTERMAN
norvégien :	EGMONT
occitan :	CASTERMAN
picard tournaisien :	CASTERMAN
polonais :	CASTERMAN/TWOJ KOMIKS
portugais :	CASTERMAN
romanche :	LIGIA ROMONTSCHA
russe :	CASTERMAN
serbo-croate :	DECJE NOVINE
slovène :	UCILA
suédois :	BONNIER CARLSEN
thaï :	CASTERMAN
turc :	INKILAP PUBLISHING
tibétain :	CASTERMAN

www.casterman.com
www.tintin.com

ISBN 978 2 203 00106 0
ISSN 0750-1110

Copyright © 1956 by Casterman . Library of Congress Catalogue Card Number Afo 20145
Copyright © renewed 1984 by Casterman. Library of Congress Catalogue Card Number R 205198
All rights reserved under International,Pan-American and Universal Copyright Conventions.
No portion of this book may be reproduced by any process without the publisher's written permission.
Tous droits réservés pour tous pays.
Il est strictement interdit, sauf accord préalable et écrit de l'éditeur, de reproduire (notamment par photocopie ou numérisation)
partiellement ou totalement le présent ouvrage, de le stocker dans une banque de données ou de le communiquer
au public, sous quelque forme et de quelque manière que ce soit.
Achevé d'imprimer en août 2012, en France par Pollina s.a., Luçon - L23586. Dépôt légal : 2è trimestre 1966; D. 1966/0053/35.

L'ILE NOIRE

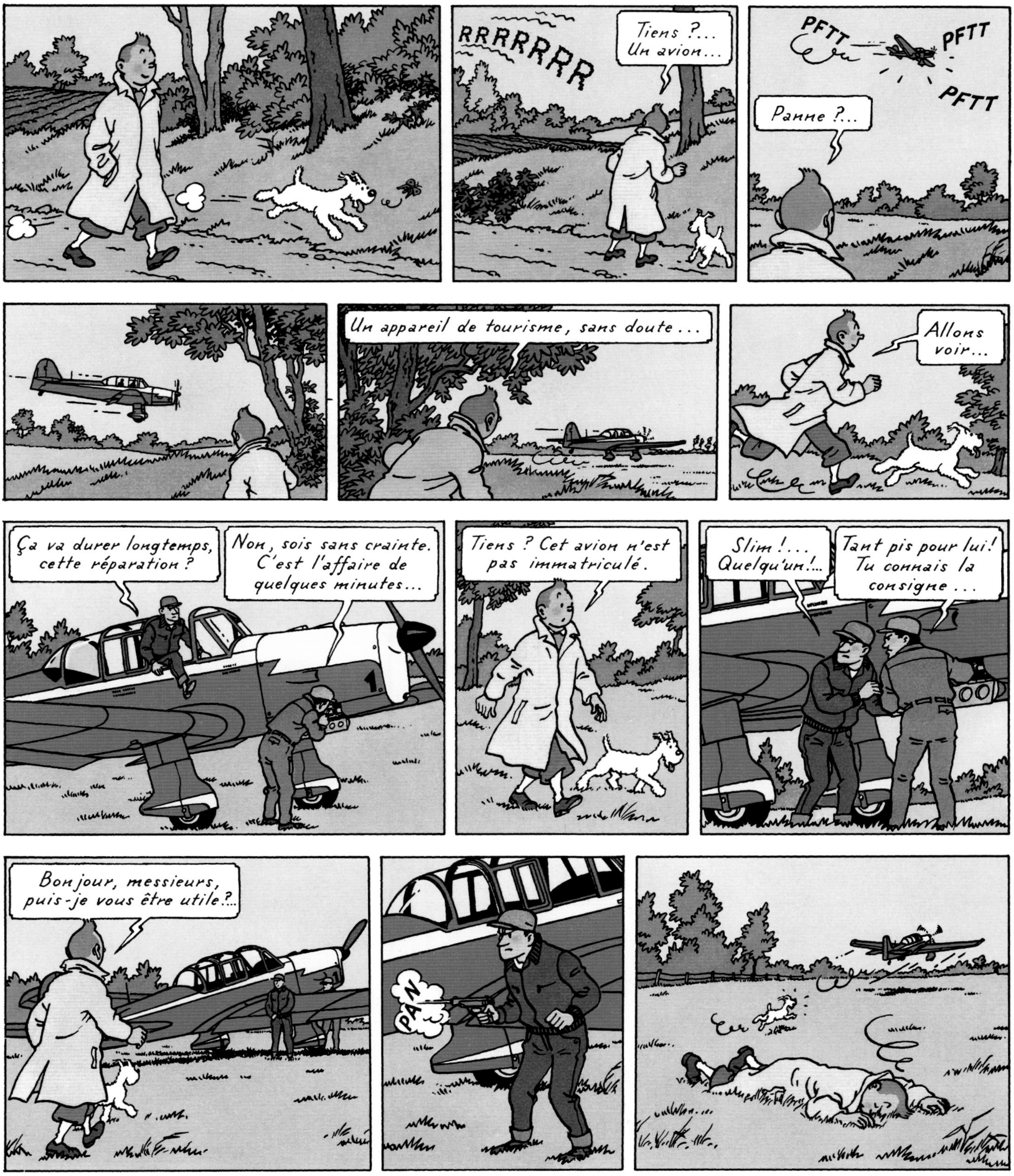
RRRRRRRR
Tiens ?... Un avion...
PFTT
PFTT
PFTT
Panne ?...
Un appareil de tourisme, sans doute...
Allons voir...
Ça va durer longtemps, cette réparation ?
Non, sois sans crainte. C'est l'affaire de quelques minutes...
Tiens ? Cet avion n'est pas immatriculé.
Slim !... Quelqu'un !...
Tant pis pour lui ! Tu connais la consigne...
Bonjour, messieurs, puis-je vous être utile ?...
PAN

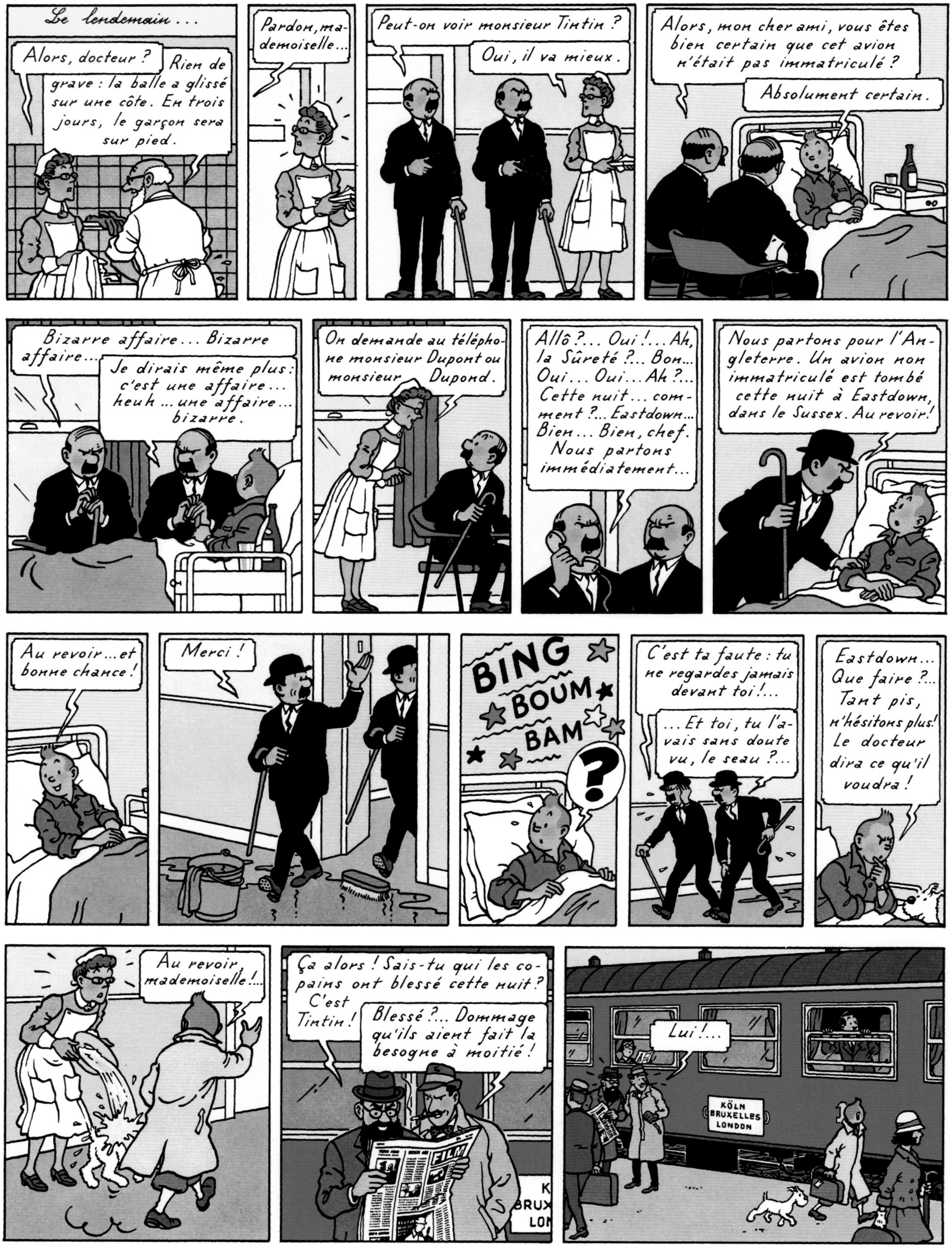
Le lendemain...
Alors, docteur ?
Rien de grave : la balle a glissé sur une côte. En trois jours, le garçon sera sur pied.
Pardon, mademoiselle...
Peut-on voir monsieur Tintin ?
Oui, il va mieux.
Alors, mon cher ami, vous êtes bien certain que cet avion n'était pas immatriculé ?
Absolument certain.
Bizarre affaire... Bizarre affaire...
Je dirais même plus : c'est une affaire... heuh ... une affaire... bizarre.
On demande au téléphone monsieur Dupont ou monsieur Dupond.
Allô ?... Oui !... Ah, la Sûreté ?... Bon... Oui... Oui... Ah ?... Cette nuit... comment ?... Eastdown... Bien... Bien, chef. Nous partons immédiatement...
Nous partons pour l'Angleterre. Un avion non immatriculé est tombé cette nuit à Eastdown, dans le Sussex. Au revoir !
Au revoir... et bonne chance !
Merci !
BING
BOUM
BAM
?
C'est ta faute : tu ne regardes jamais devant toi !...
... Et toi, tu l'avais sans doute vu, le seau ?...
Eastdown... Que faire ?... Tant pis, n'hésitons plus ! Le docteur dira ce qu'il voudra !
Au revoir, mademoiselle !...
Ça alors ! Sais-tu qui les copains ont blessé cette nuit ? C'est Tintin !
Blessé ?... Dommage qu'ils aient fait la besogne à moitié !
FILM
Lui !...
KÖLN
BRUXELLES
LONDON

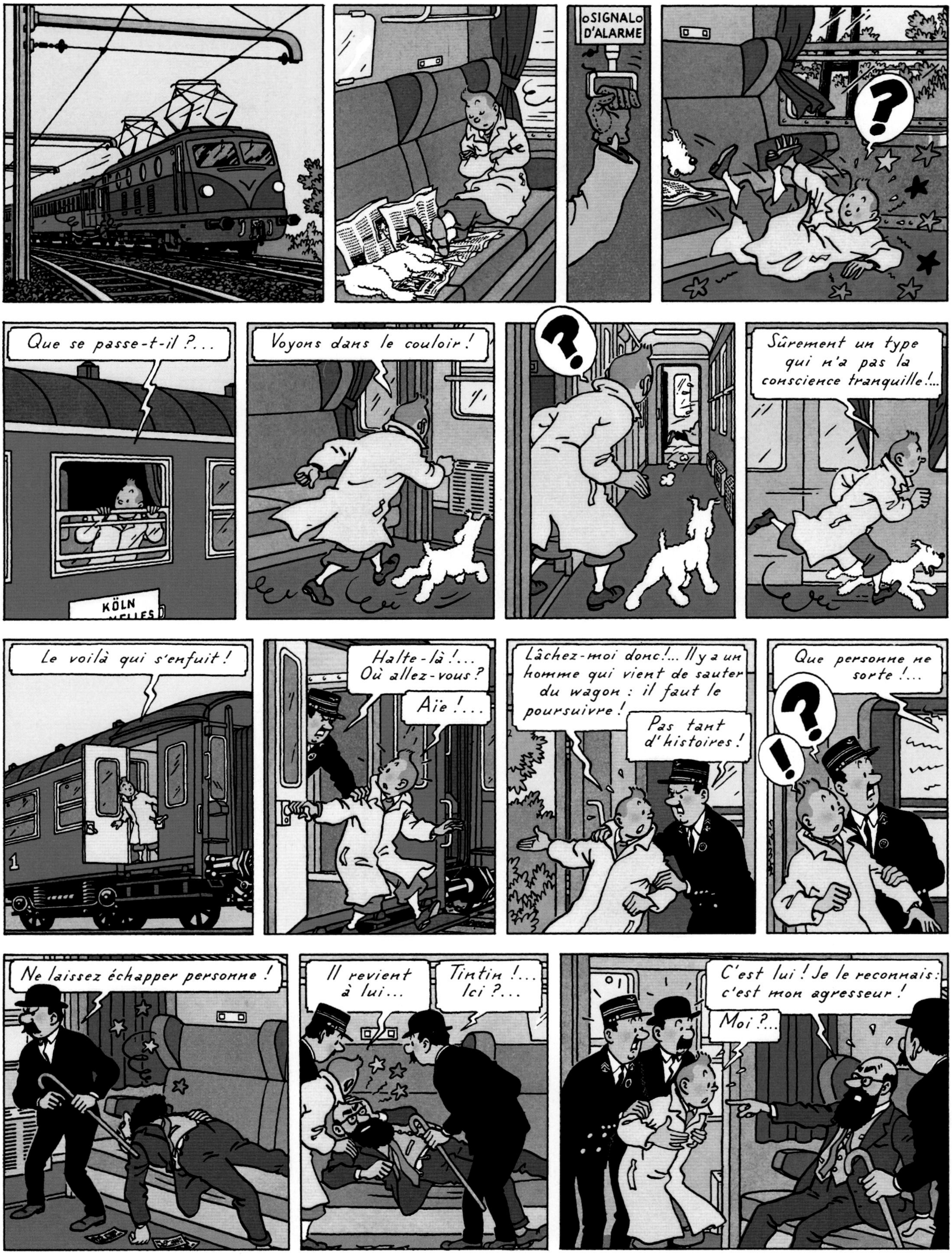
SIGNAL D'ALARME
Que se passe-t-il ?...
KÖLN
Voyons dans le couloir !
Sûrement un type qui n'a pas la conscience tranquille !...
Le voilà qui s'enfuit !
Halte-là !... Où allez-vous ?
Aïe !...
Lâchez-moi donc !... Il y a un homme qui vient de sauter du wagon : il faut le poursuivre !
Pas tant d'histoires !
Que personne ne sorte !...
Ne laissez échapper personne !
Il revient à lui...
Tintin !... Ici ?...
C'est lui ! Je le reconnais : c'est mon agresseur !
Moi ?...

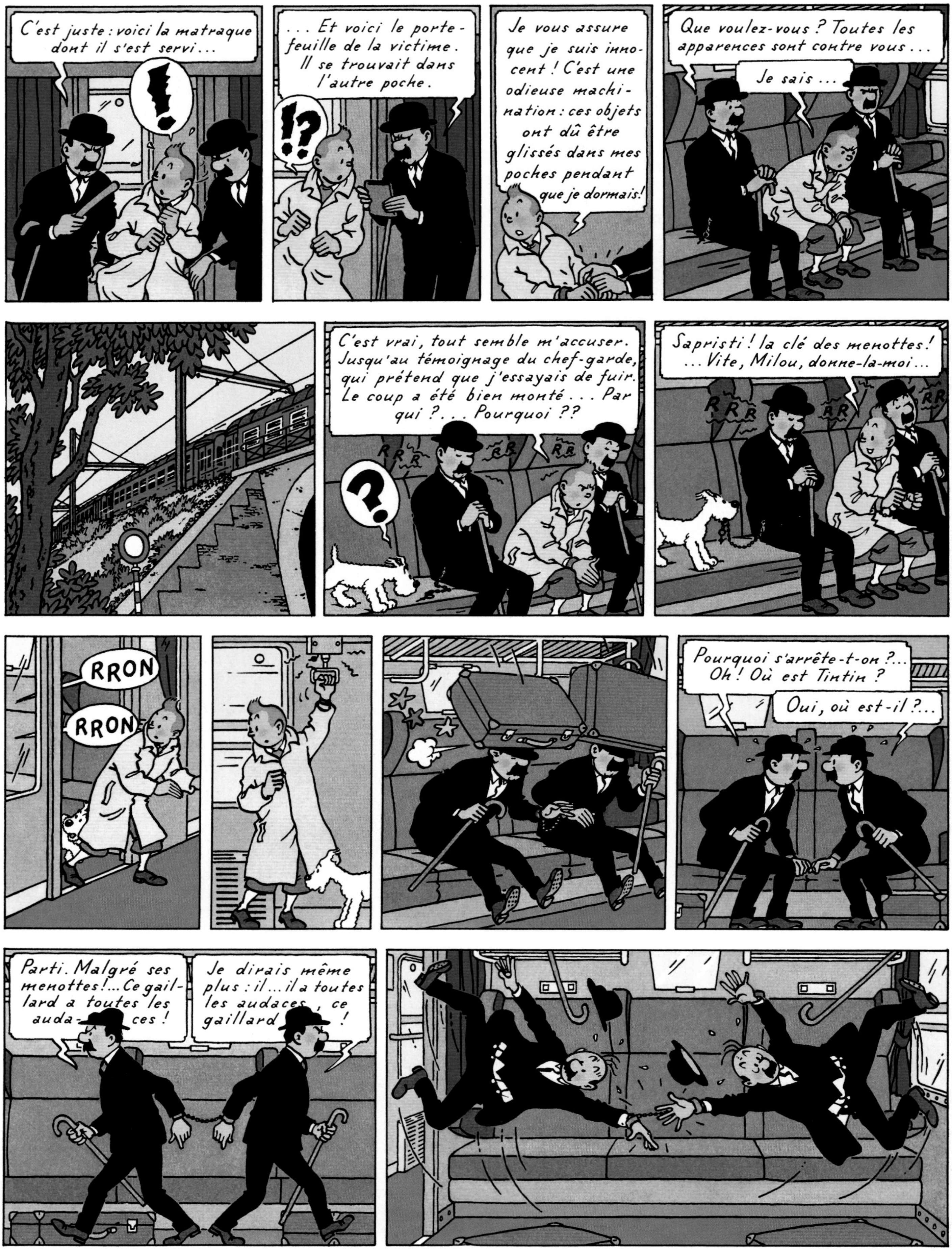
C'est juste : voici la matraque dont il s'est servi...
!
... Et voici le porte-feuille de la victime. Il se trouvait dans l'autre poche.
!?
Je vous assure que je suis innocent ! C'est une odieuse machination : ces objets ont dû être glissés dans mes poches pendant que je dormais !
Que voulez-vous ? Toutes les apparences sont contre vous...
Je sais...
C'est vrai, tout semble m'accuser. Jusqu'au témoignage du chef-garde, qui prétend que j'essayais de fuir. Le coup a été bien monté... Par qui ?... Pourquoi ??
?
RRR
Sapristi ! la clé des menottes ! ...Vite, Milou, donne-la-moi...
RRON
RRON
Pourquoi s'arrête-t-on ?... Oh ! Où est Tintin ?
Oui, où est-il ?...
Parti. Malgré ses menottes !... Ce gaillard a toutes les audaces !
Je dirais même plus : il... il a toutes les audaces, ce gaillard !

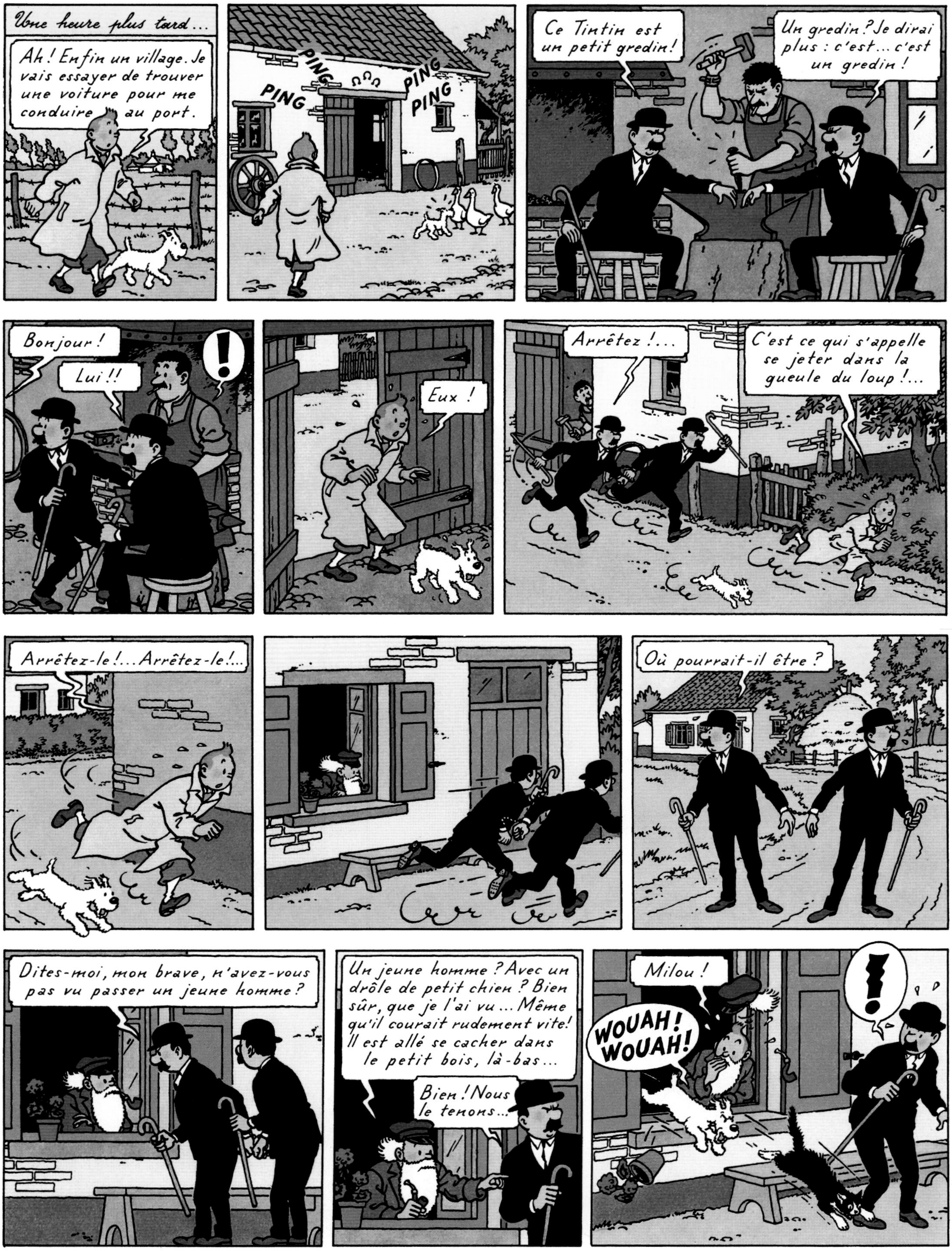
Une heure plus tard...
Ah! Enfin un village. Je vais essayer de trouver une voiture pour me conduire au port.
PING
PING
PING
PING
Ce Tintin est un petit gredin!
Un gredin? Je dirai plus : c'est... c'est un gredin!
Bonjour!
Lui!!
!
Eux!
Arrêtez!...
C'est ce qui s'appelle se jeter dans la gueule du loup!...
Arrêtez-le!... Arrêtez-le!...
Où pourrait-il être?
Dites-moi, mon brave, n'avez-vous pas vu passer un jeune homme?
Un jeune homme? Avec un drôle de petit chien? Bien sûr, que je l'ai vu... Même qu'il courait rudement vite! Il est allé se cacher dans le petit bois, là-bas...
Bien! Nous le tenons...
Milou!
WOUAH! WOUAH!
!

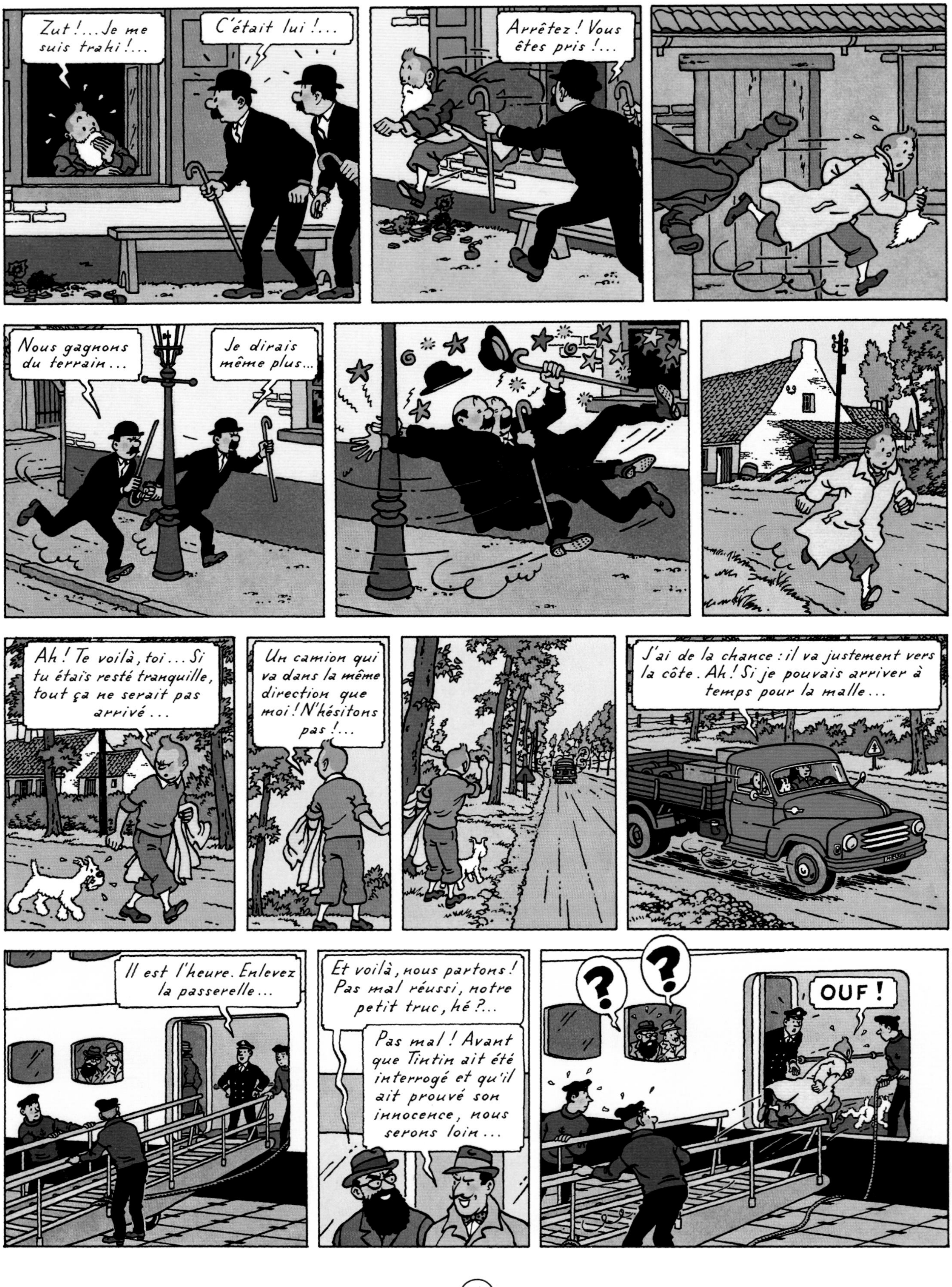
Zut !... Je me suis trahi !...
C'était lui !...
Arrêtez ! Vous êtes pris !...
Nous gagnons du terrain...
Je dirais même plus...
Ah ! Te voilà, toi... Si tu étais resté tranquille, tout ça ne serait pas arrivé...
Un camion qui va dans la même direction que moi ! N'hésitons pas !...
J'ai de la chance : il va justement vers la côte. Ah ! Si je pouvais arriver à temps pour la malle...
Il est l'heure. Enlevez la passerelle...
Et voilà, nous partons ! Pas mal réussi, notre petit truc, hé ?...
Pas mal ! Avant que Tintin ait été interrogé et qu'il ait prouvé son innocence, nous serons loin...
?
?
OUF !

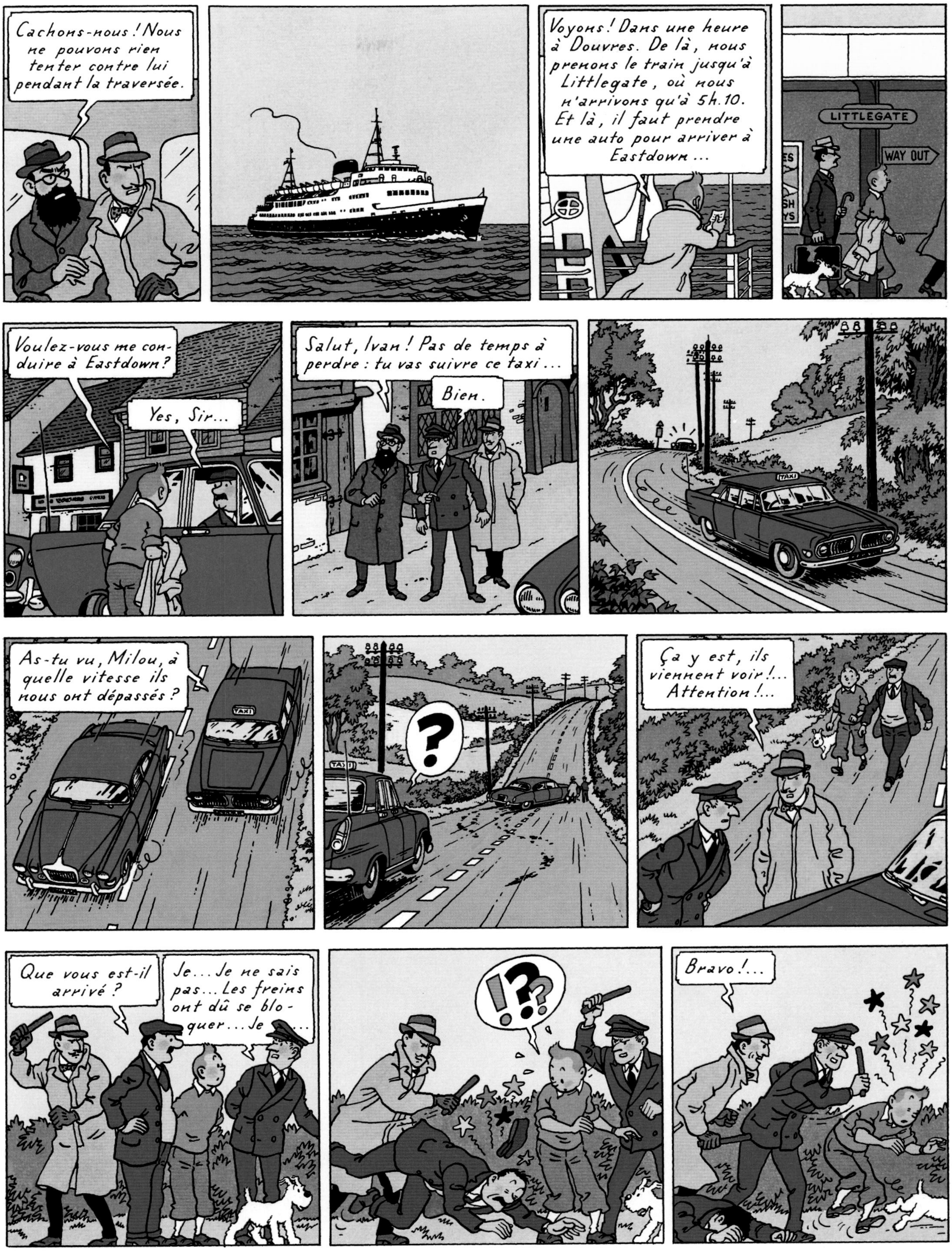
Cachons-nous ! Nous ne pouvons rien tenter contre lui pendant la traversée.
Voyons ! Dans une heure à Douvres. De là, nous prenons le train jusqu'à Littlegate, où nous n'arrivons qu'à 5h.10. Et là, il faut prendre une auto pour arriver à Eastdown...
LITTLEGATE
WAY OUT
Voulez-vous me conduire à Eastdown ?
Yes, Sir...
Salut, Ivan ! Pas de temps à perdre : tu vas suivre ce taxi...
Bien.
TAXI
As-tu vu, Milou, à quelle vitesse ils nous ont dépassés ?
?
Ça y est, ils viennent voir !... Attention !...
Que vous est-il arrivé ?
Je... Je ne sais pas... Les freins ont dû se bloquer... Je...
!??
Bravo !...

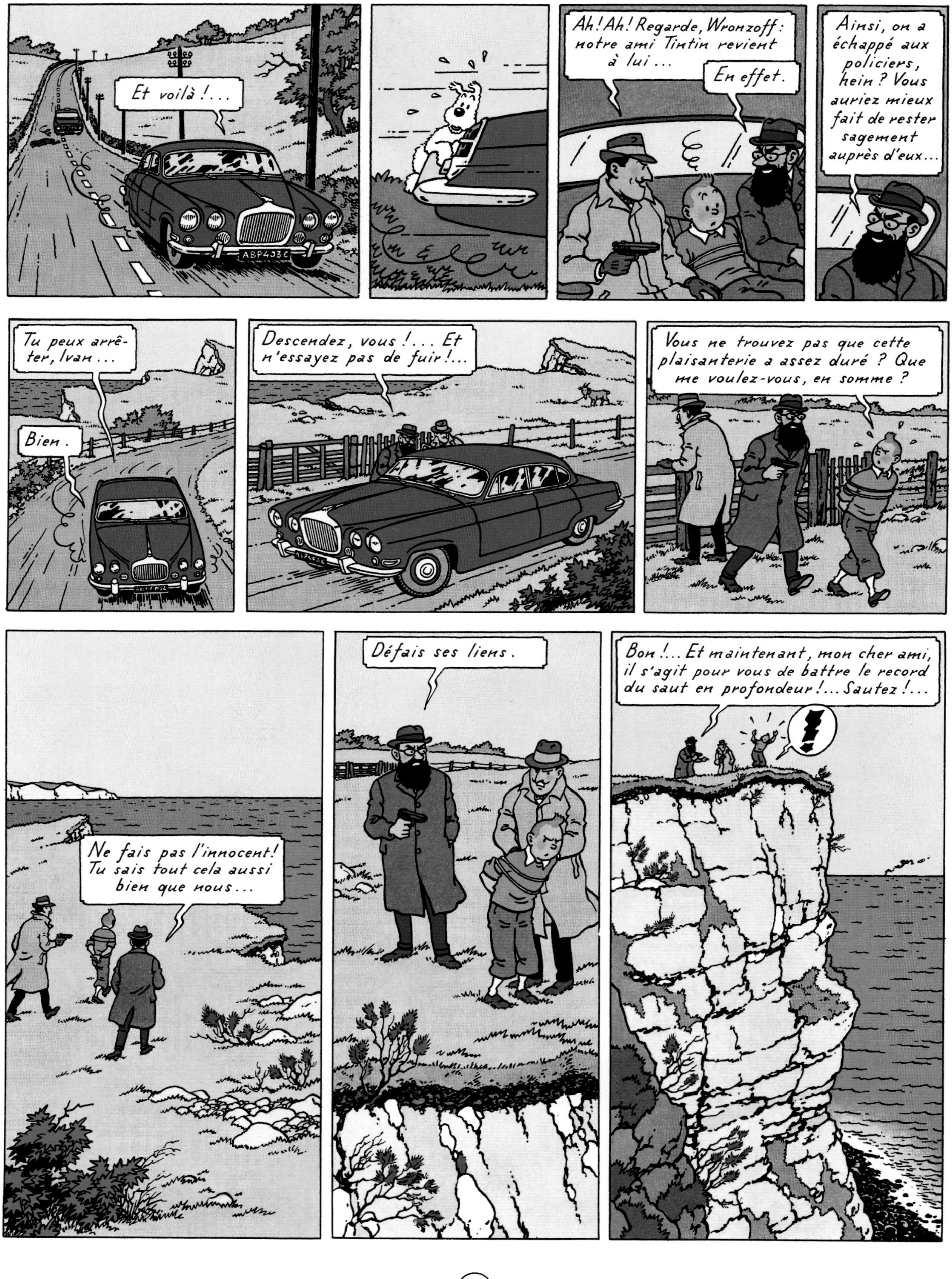
Et voilà !...
Ah! Ah! Regarde, Wronzoff : notre ami Tintin revient à lui ...
En effet.
Ainsi, on a échappé aux policiers, hein ? Vous auriez mieux fait de rester sagement auprès d'eux...
Tu peux arrêter, Ivan ...
Bien.
Descendez, vous !... Et n'essayez pas de fuir !...
Vous ne trouvez pas que cette plaisanterie a assez duré ? Que me voulez-vous, en somme ?
Ne fais pas l'innocent! Tu sais tout cela aussi bien que nous...
Défais ses liens.
Bon !... Et maintenant, mon cher ami, il s'agit pour vous de battre le record du saut en profondeur !... Sautez !...

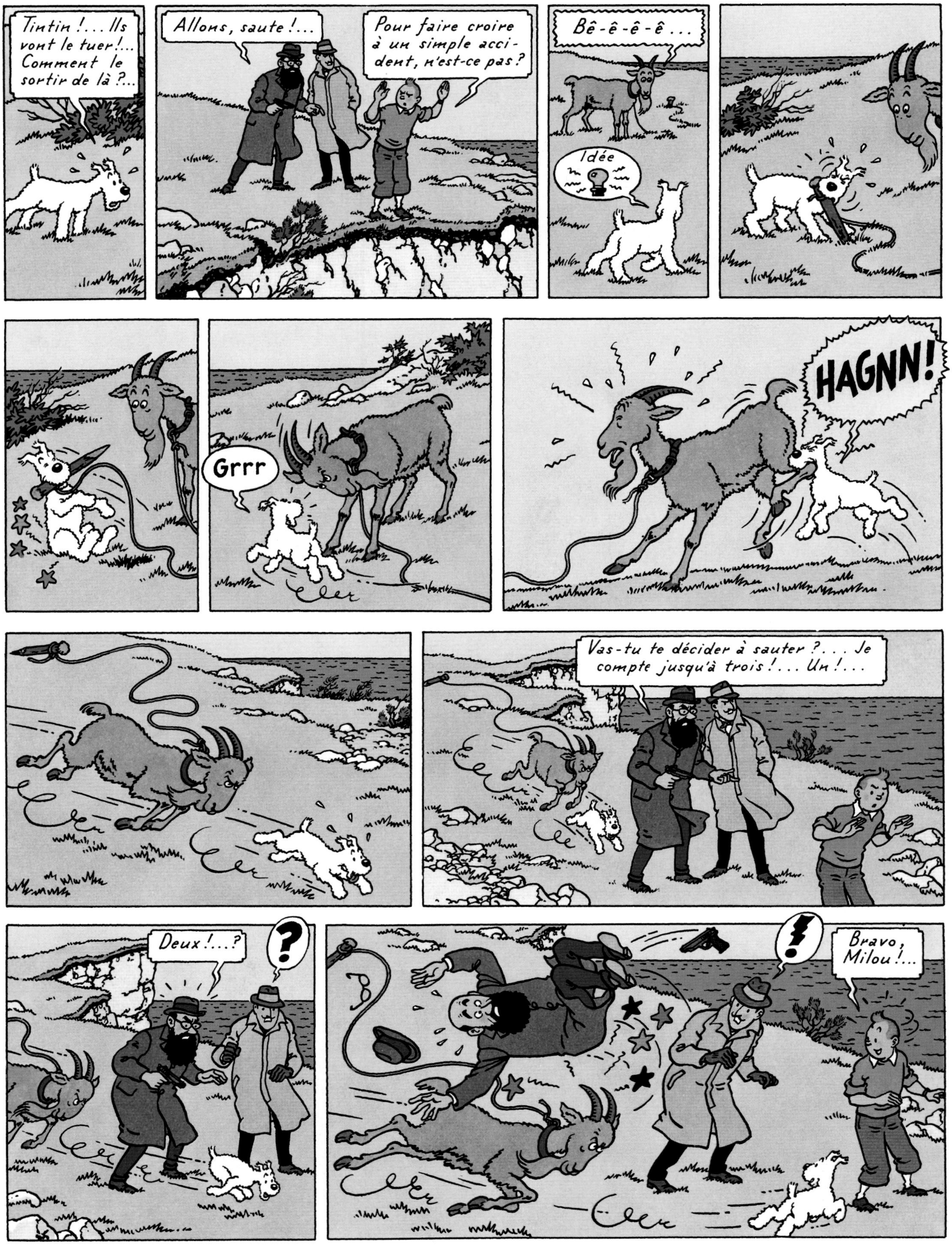
Tintin !... Ils vont le tuer !... Comment le sortir de là ?...
Allons, saute !...
Pour faire croire à un simple accident, n'est-ce pas ?
Bê-ê-ê-ê ...
Idée
Grrr
HAGNN !
Vas-tu te décider à sauter ?... Je compte jusqu'à trois !... Un !...
Deux !...?
?
!
Bravo, Milou !...

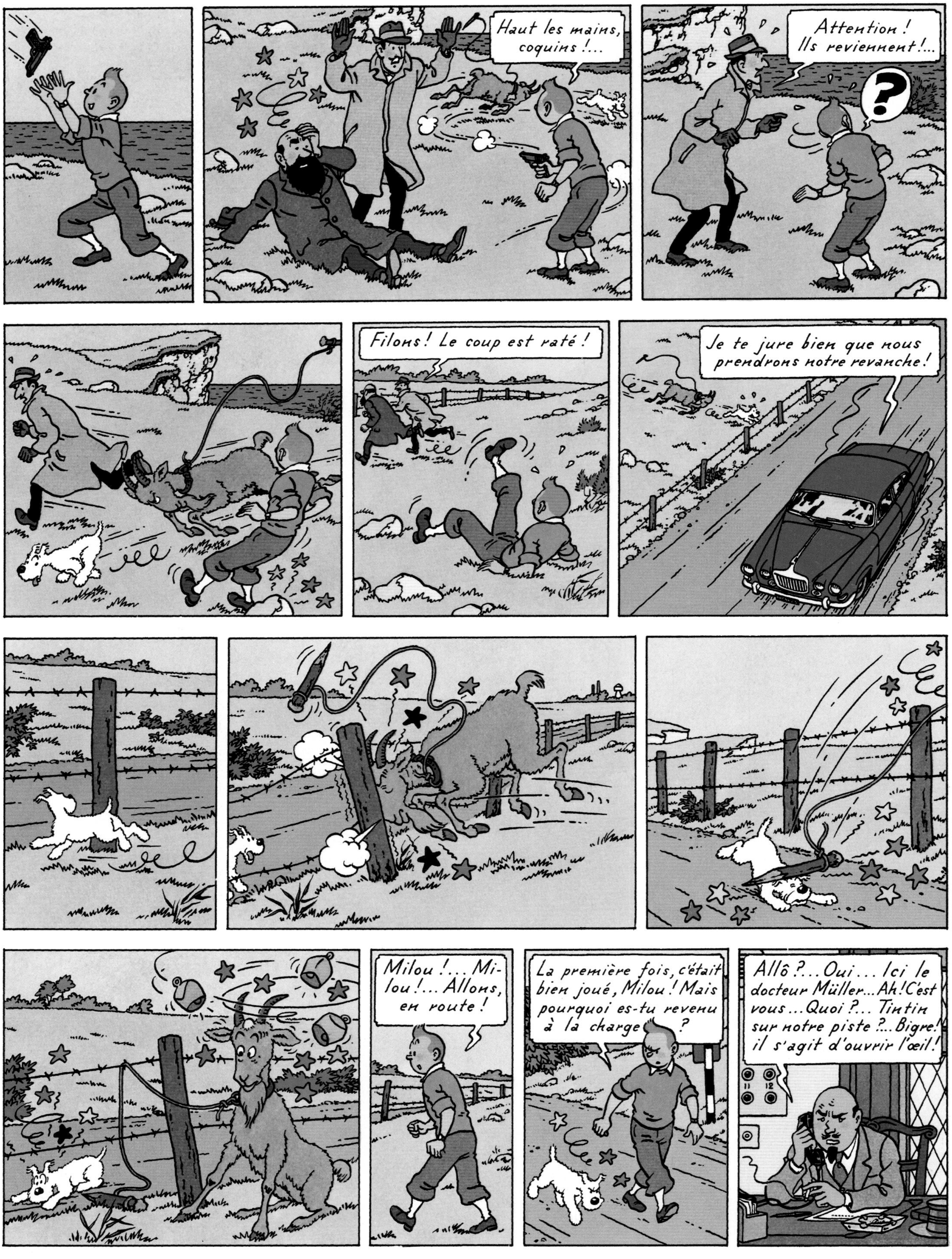
Haut les mains, coquins !...
Attention ! Ils reviennent !...
?
Filons ! Le coup est raté !
Je te jure bien que nous prendrons notre revanche !
Milou !... Milou !... Allons, en route !
La première fois, c'était bien joué, Milou ! Mais pourquoi es-tu revenu à la charge ?
Allô ?... Oui... Ici le docteur Müller... Ah ! C'est vous... Quoi ?... Tintin sur notre piste ?... Bigre ! il s'agit d'ouvrir l'œil !

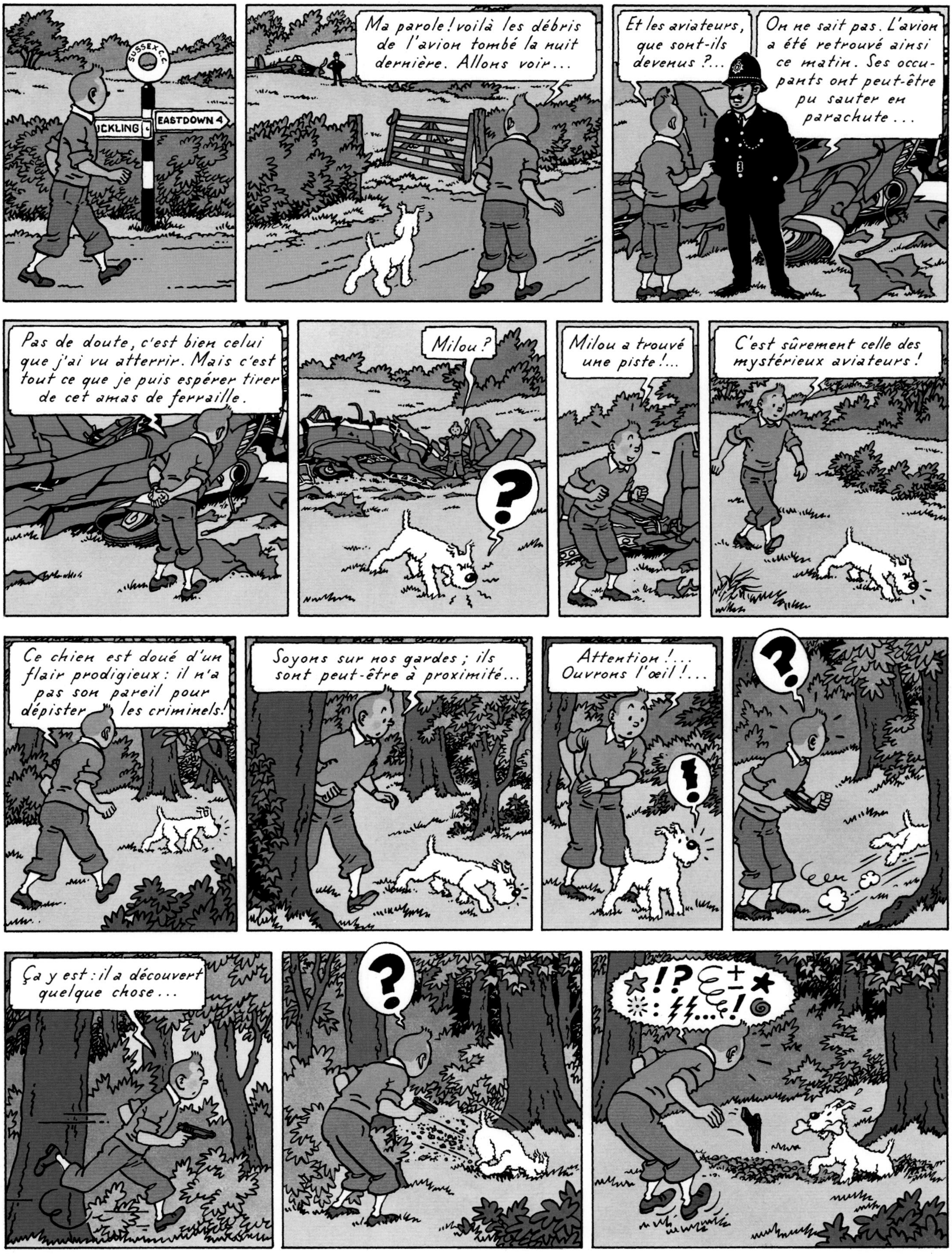
SUSSEX C.C.
...CKLING
EASTDOWN 4
Ma parole! voilà les débris de l'avion tombé la nuit dernière. Allons voir...
Et les aviateurs, que sont-ils devenus ?...
On ne sait pas. L'avion a été retrouvé ainsi ce matin. Ses occupants ont peut-être pu sauter en parachute...
Pas de doute, c'est bien celui que j'ai vu atterrir. Mais c'est tout ce que je puis espérer tirer de cet amas de ferraille.
Milou?
Milou a trouvé une piste!...
C'est sûrement celle des mystérieux aviateurs!
Ce chien est doué d'un flair prodigieux: il n'a pas son pareil pour dépister les criminels!
Soyons sur nos gardes; ils sont peut-être à proximité...
Attention!... Ouvrons l'œil!...
Ça y est: il a découvert quelque chose...

N'es-tu pas honteux de nous faire perdre notre temps pour un os? Allons, donne-moi ça...

Je t'ai déjà dit cent fois que tu ne pouvais pas ronger de vieux os.

Ici, Milou!... Veux-tu bien rester ici?

Wouah! Wouah!

Wouah! Wouah!

!?

C'est curieux: on dirait qu'il m'invite à le suivre...

Ma foi, allons-y! Mais gare à toi si c'est encore un os!

?

Les vêtements des aviateurs!...Ils les avaient bien cachés, les gredins!

Évidemment, ils n'ont rien laissé dans leurs poches...

Oh!Oh!...Voilà des petits bouts de papier qui m'aideront peut-être à retrouver les mystérieux aviateurs...

Moi qui adore les puzzles, me voilà servi! À l'ouvrage!...

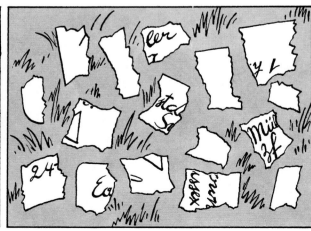

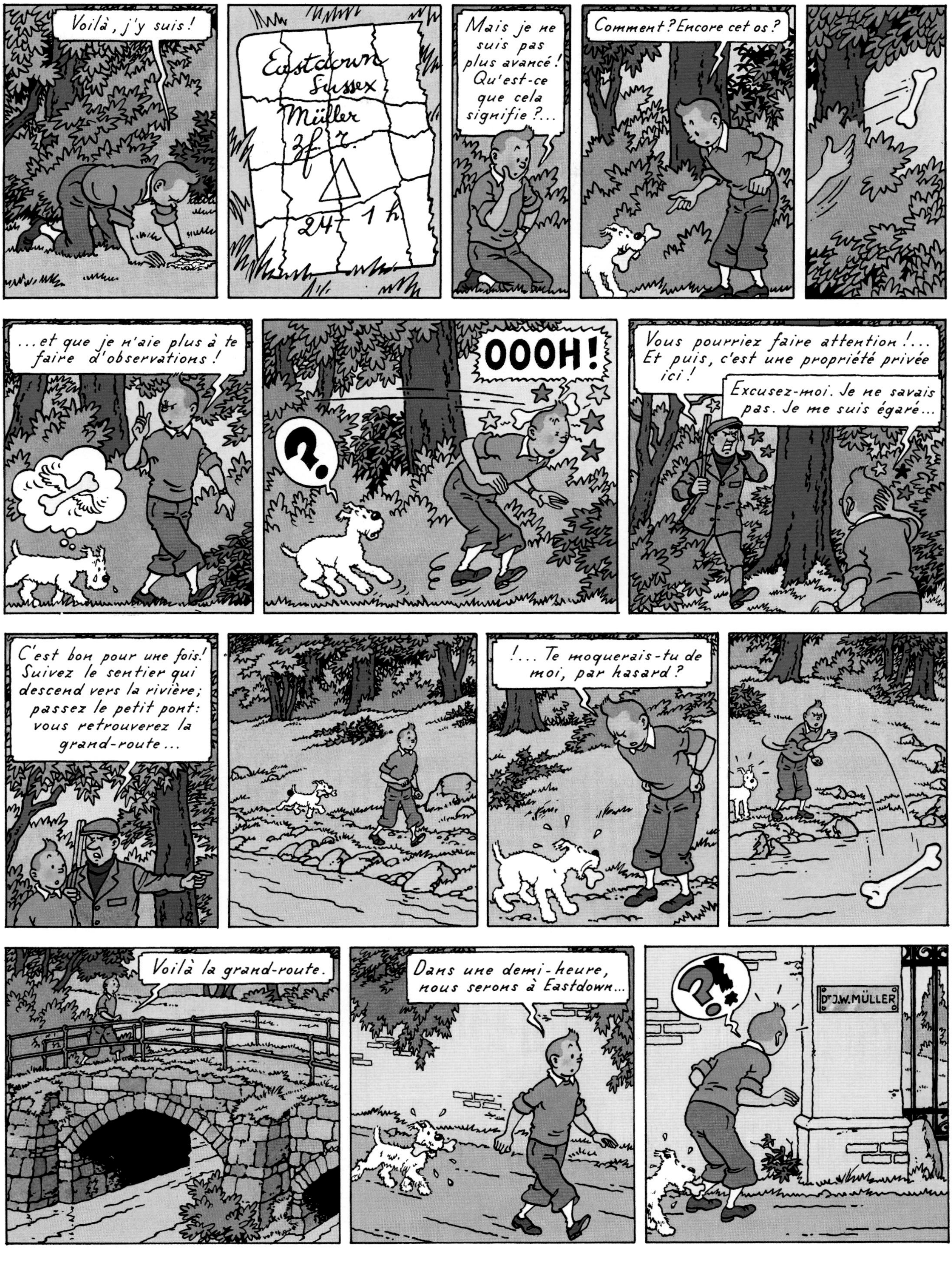
Voilà, j'y suis!
Eastdown Sussex
Müller
3f 7.
24 1 h
Mais je ne suis pas plus avancé! Qu'est-ce que cela signifie?...
Comment? Encore cet os?
...et que je n'aie plus à te faire d'observations!
OOOH!
Vous pourriez faire attention!... Et puis, c'est une propriété privée ici!
Excusez-moi. Je ne savais pas. Je me suis égaré...
C'est bon pour une fois! Suivez le sentier qui descend vers la rivière; passez le petit pont: vous retrouverez la grand-route...
!... Te moquerais-tu de moi, par hasard?
Voilà la grand-route.
Dans une demi-heure, nous serons à Eastdown...
Dr J.W. MÜLLER

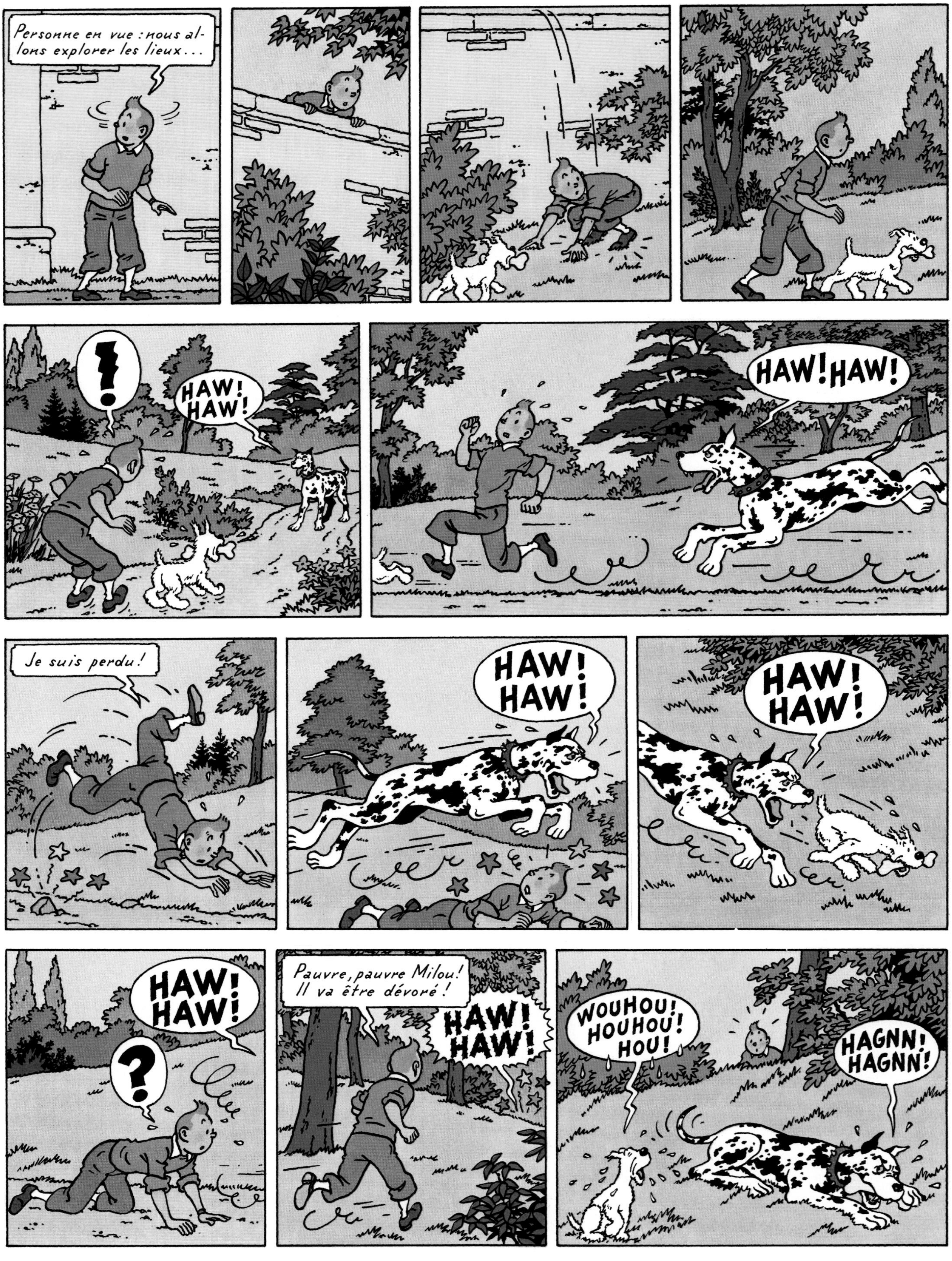
Personne en vue : nous allons explorer les lieux...
!
HAW! HAW!
HAW! HAW!
Je suis perdu!
HAW! HAW!
HAW! HAW!
HAW! HAW!
?
Pauvre, pauvre Milou! Il va être dévoré !
HAW! HAW!
WOUHOU! HOUHOU! HOU!
HAGNN! HAGNN!

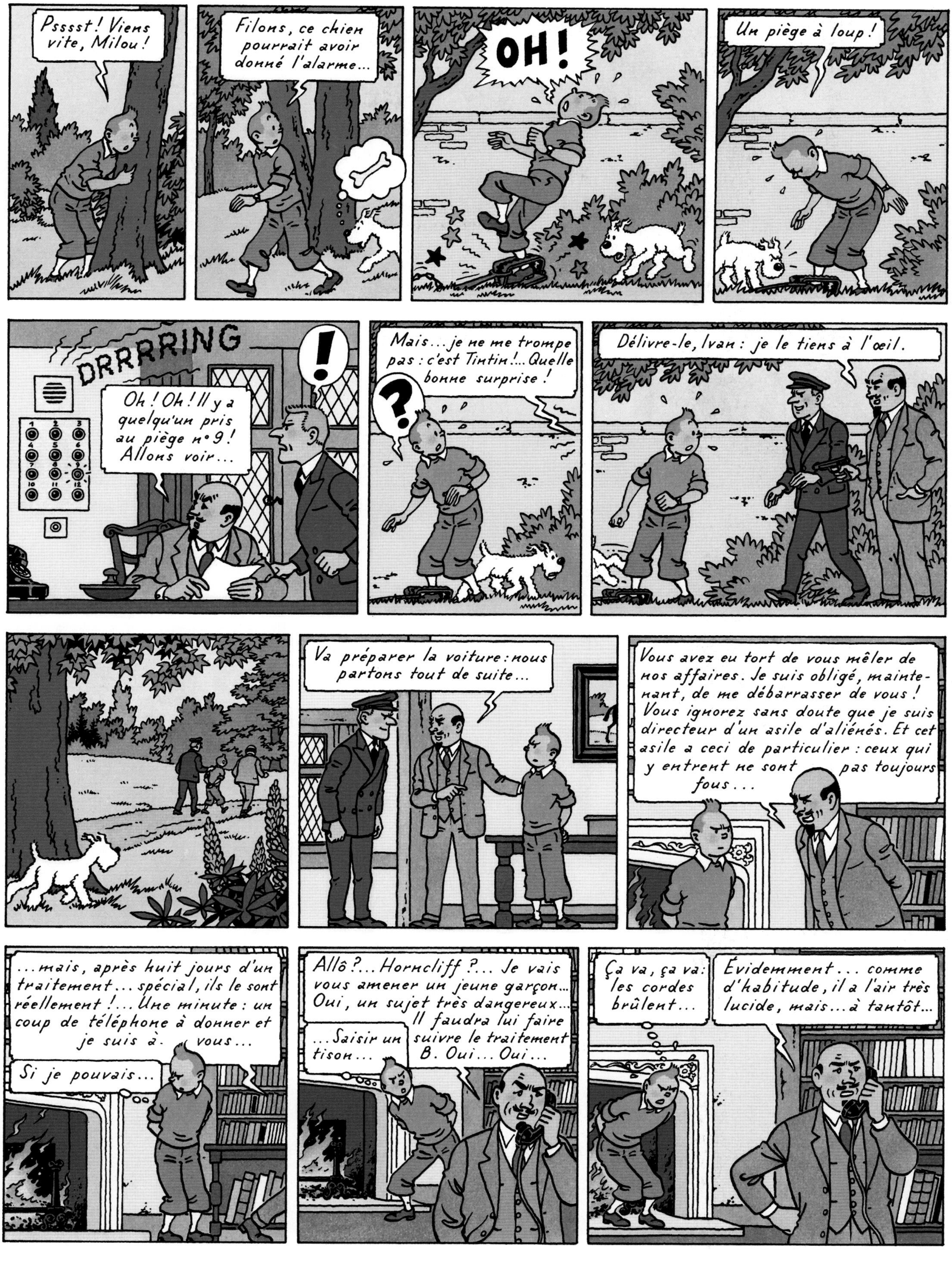
Pssst! Viens vite, Milou!
Filons, ce chien pourrait avoir donné l'alarme...
OH!
Un piège à loup!
DRRRRING
Oh! Oh! Il y a quelqu'un pris au piège n° 9! Allons voir...
!
Mais... je ne me trompe pas : c'est Tintin!... Quelle bonne surprise!
?
Délivre-le, Ivan : je le tiens à l'œil.
Va préparer la voiture : nous partons tout de suite...
Vous avez eu tort de vous mêler de nos affaires. Je suis obligé, maintenant, de me débarrasser de vous! Vous ignorez sans doute que je suis directeur d'un asile d'aliénés. Et cet asile a ceci de particulier : ceux qui y entrent ne sont pas toujours fous...
...mais, après huit jours d'un traitement... spécial, ils le sont réellement!... Une minute : un coup de téléphone à donner et je suis à vous...
Si je pouvais...
Allô?... Hornclif?... Je vais vous amener un jeune garçon... Oui, un sujet très dangereux... Il faudra lui faire suivre le traitement B. Oui... Oui...
...Saisir un tison...
Ça va, ça va : les cordes brûlent...
Évidemment... comme d'habitude, il a l'air très lucide, mais... à tantôt...

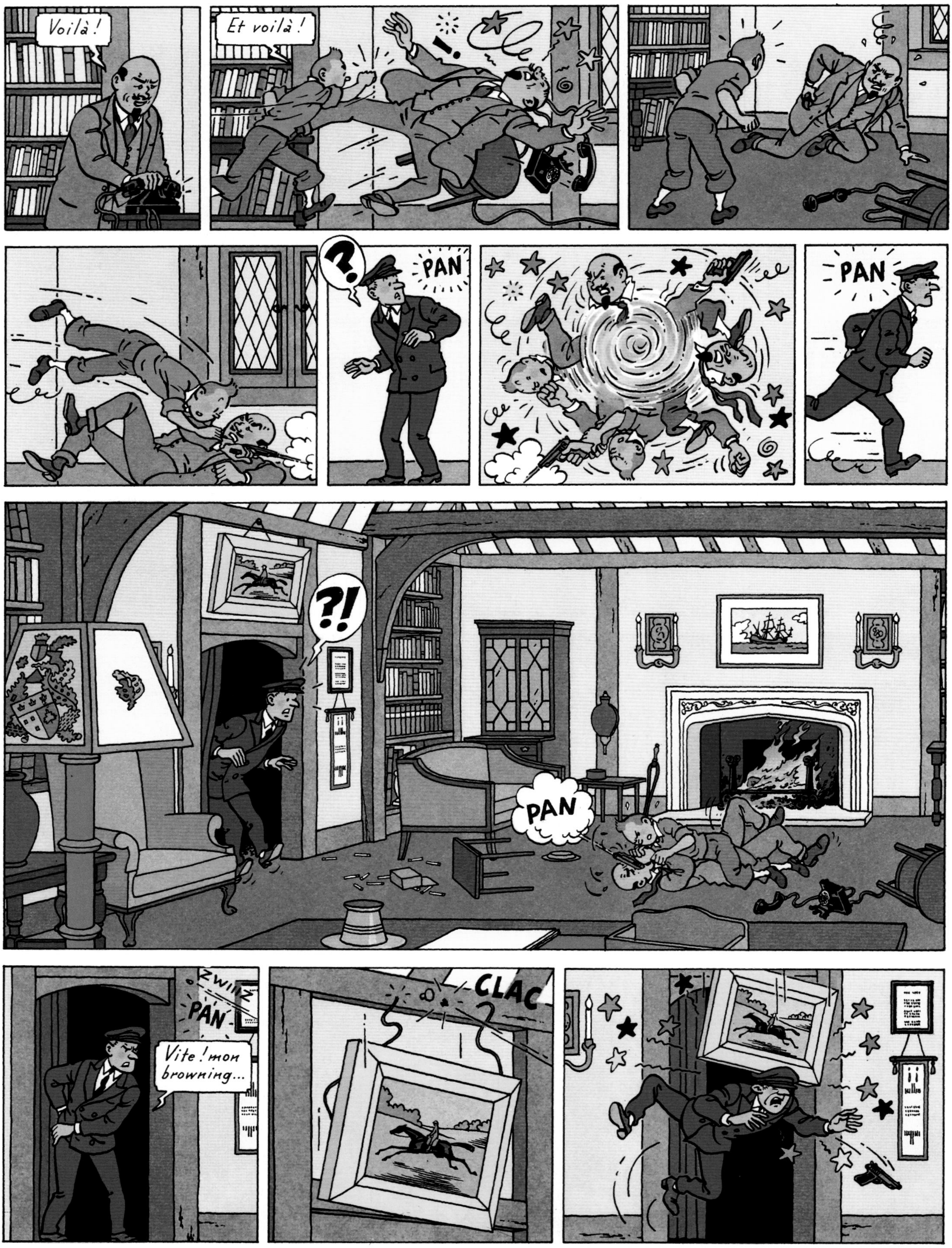
Voilà !
Et voilà !
!
PAN
?
PAN
?!
PAN
ZWIIIZ
PAN
Vite ! mon browning...
CLAC

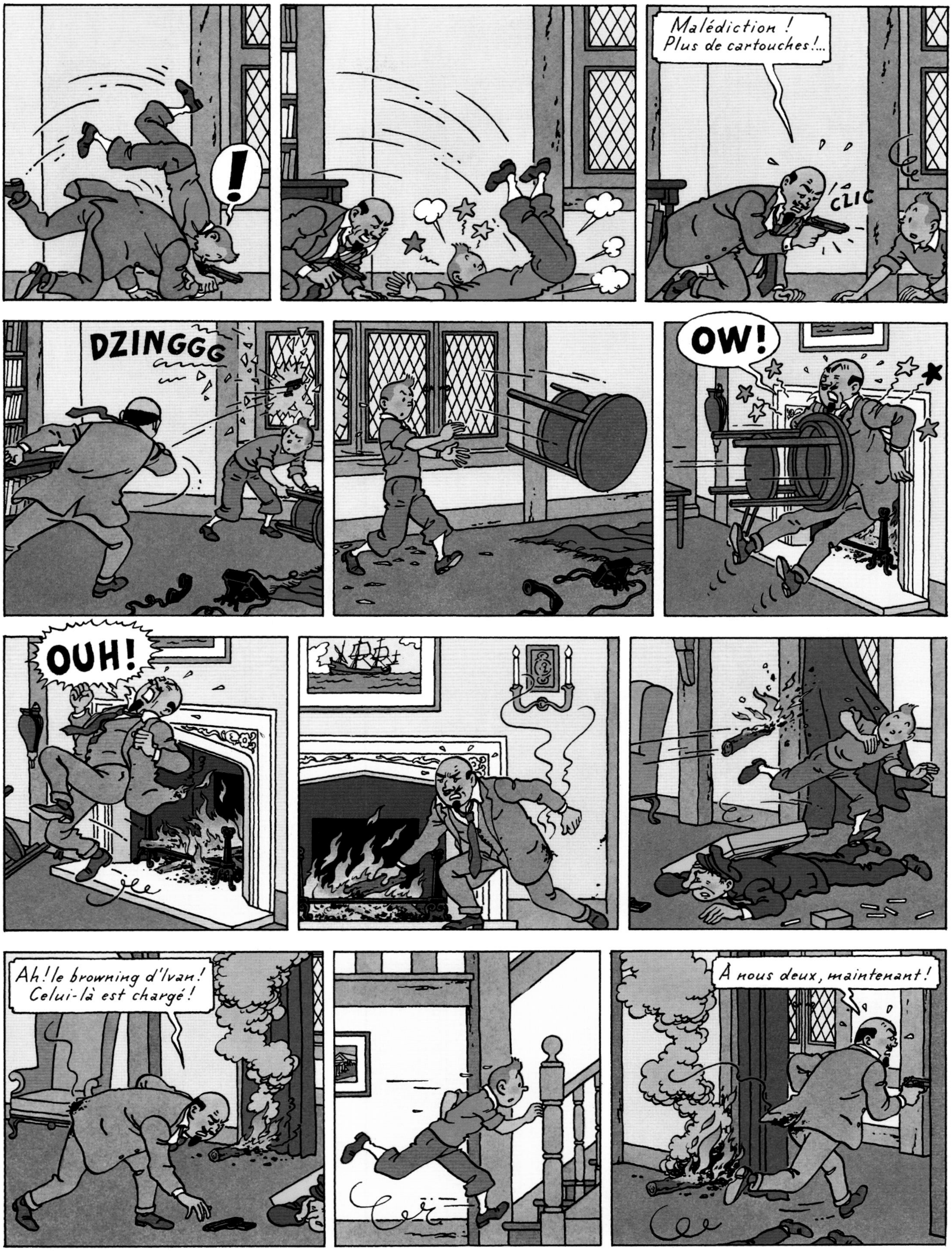
!
Malédiction ! Plus de cartouches !...
CLIC
DZINGGG
OW!
OUH!
Ah ! le browning d'Ivan ! Celui-là est chargé !
À nous deux, maintenant !

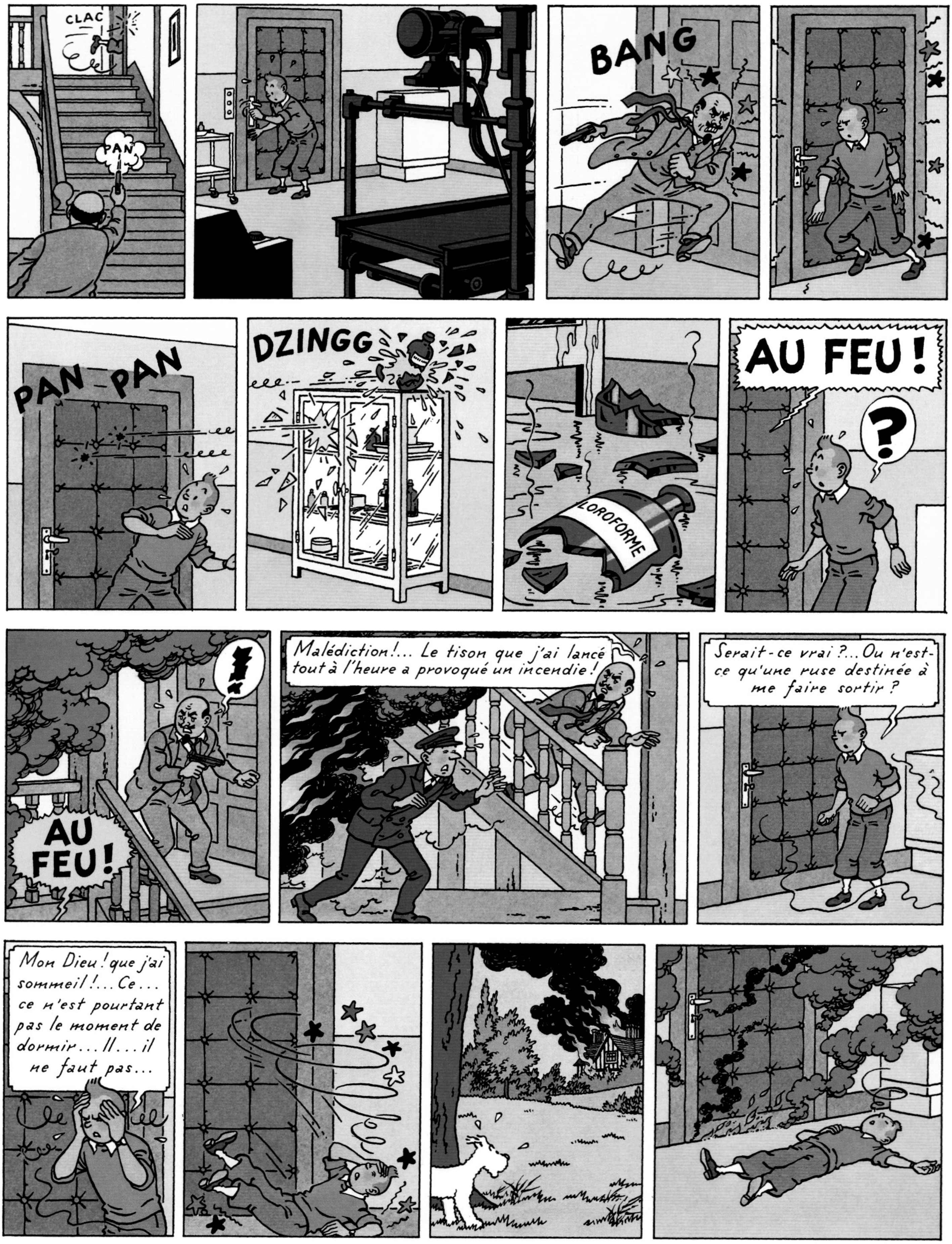
CLAC
PAN
BANG
PAN PAN
DZINGG
LOROFORME
AU FEU !
?
AU FEU !
Malédiction !... Le tison que j'ai lancé tout à l'heure a provoqué un incendie !
Serait-ce vrai ?... Ou n'est-ce qu'une ruse destinée à me faire sortir ?
Mon Dieu ! que j'ai sommeil !... Ce... ce n'est pourtant pas le moment de dormir... Il... il ne faut pas...

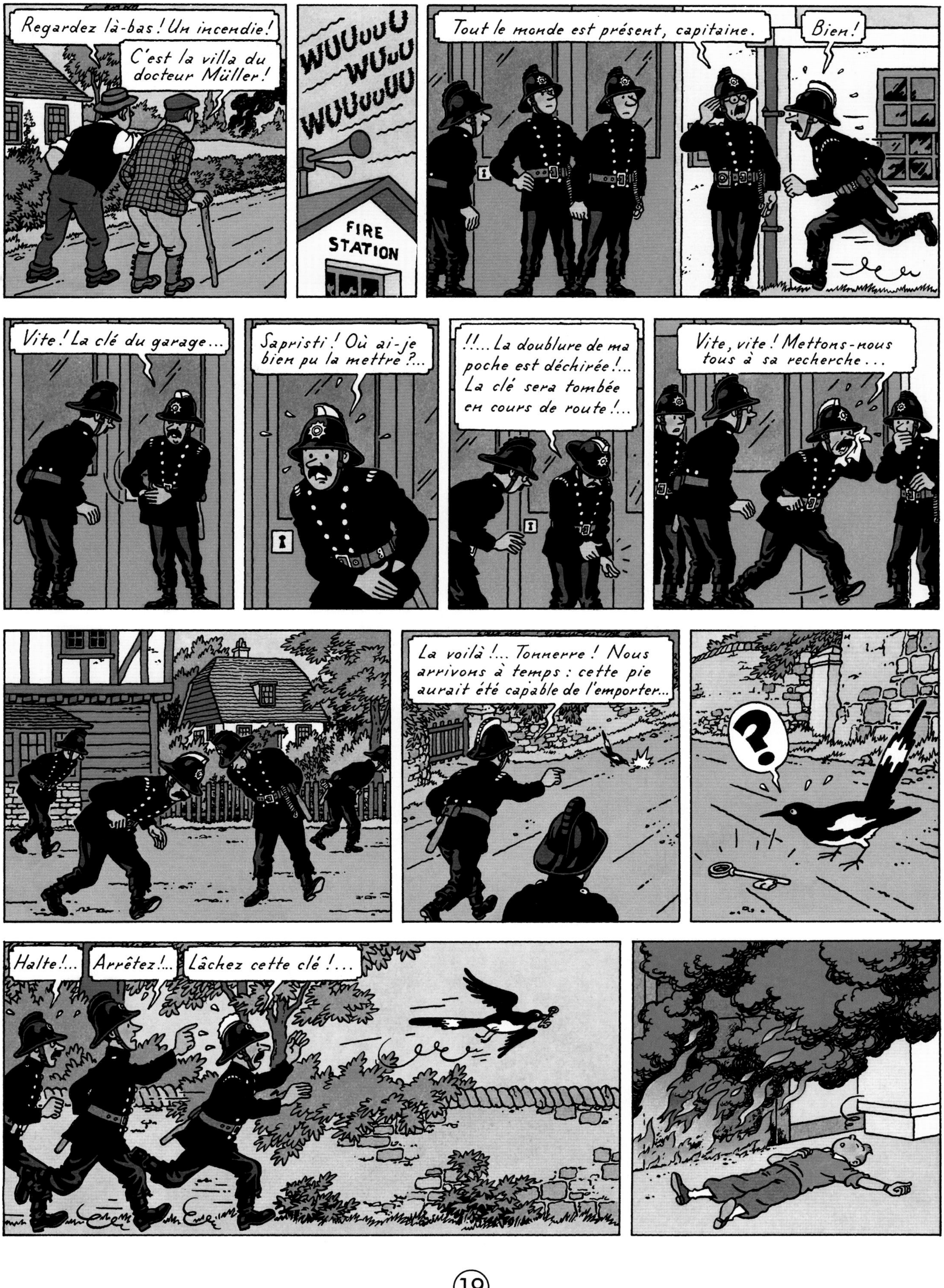
Regardez là-bas! Un incendie!
C'est la villa du docteur Müller!
WUUuuU WUuU WUUuuUU
FIRE STATION
Tout le monde est présent, capitaine.
Bien!
Vite! La clé du garage...
Sapristi! Où ai-je bien pu la mettre?...
!!... La doublure de ma poche est déchirée!... La clé sera tombée en cours de route!...
Vite, vite! Mettons-nous tous à sa recherche...
La voilà!... Tonnerre! Nous arrivons à temps : cette pie aurait été capable de l'emporter...
?
Halte!...
Arrêtez!...
Lâchez cette clé!...

Je l'ai !

AAAH!

AAAH!

Eh bien, capitaine ?...

Je...une seconde... je...euh...

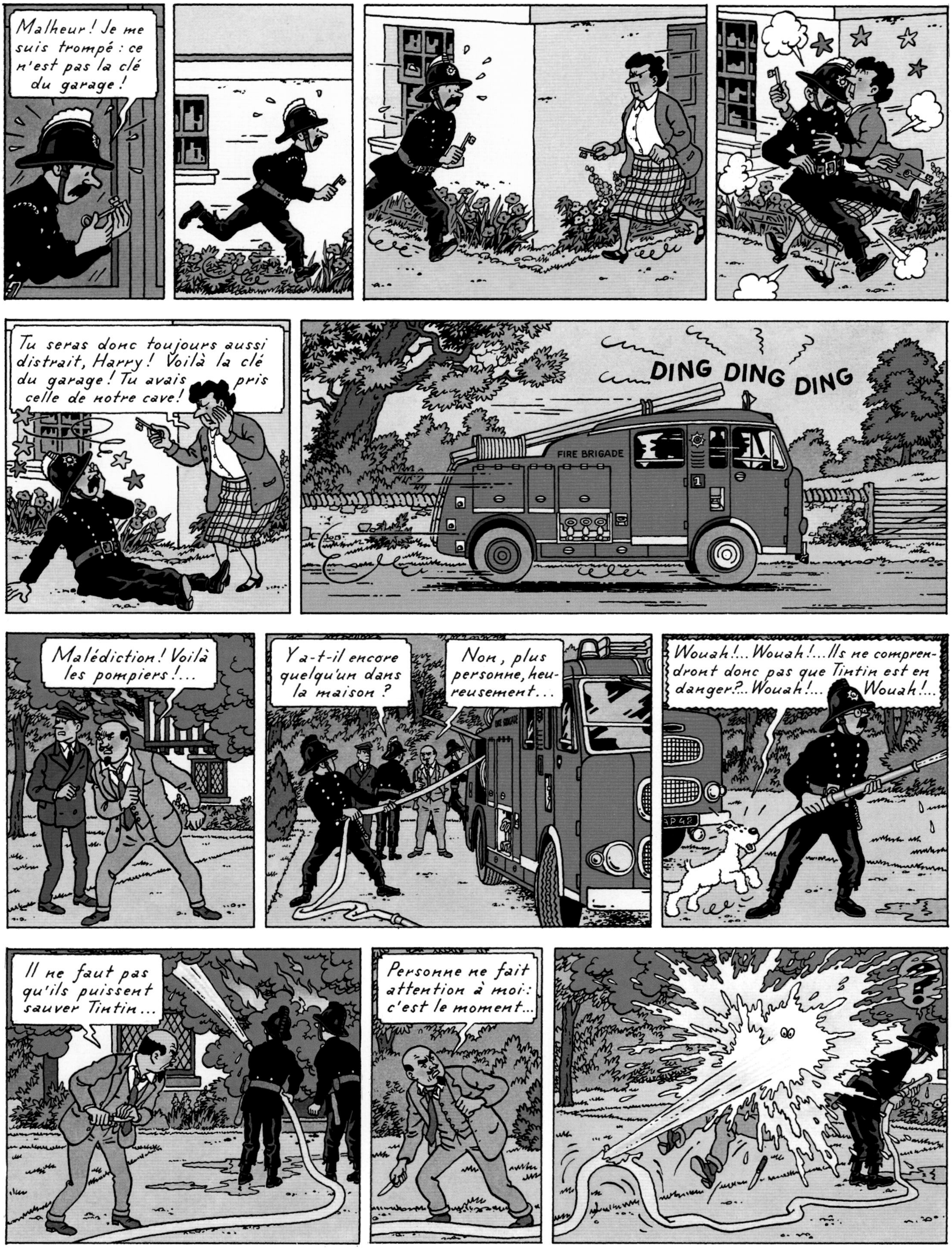

Malheur! Je me suis trompé : ce n'est pas la clé du garage!
Tu seras donc toujours aussi distrait, Harry! Voilà la clé du garage! Tu avais pris celle de notre cave!
DING DING DING
FIRE BRIGADE
Malédiction! Voilà les pompiers!...
Y a-t-il encore quelqu'un dans la maison?
Non, plus personne, heureusement...
Wouah!... Wouah!... Ils ne comprendront donc pas que Tintin est en danger?... Wouah!... Wouah!...
Il ne faut pas qu'ils puissent sauver Tintin...
Personne ne fait attention à moi: c'est le moment...

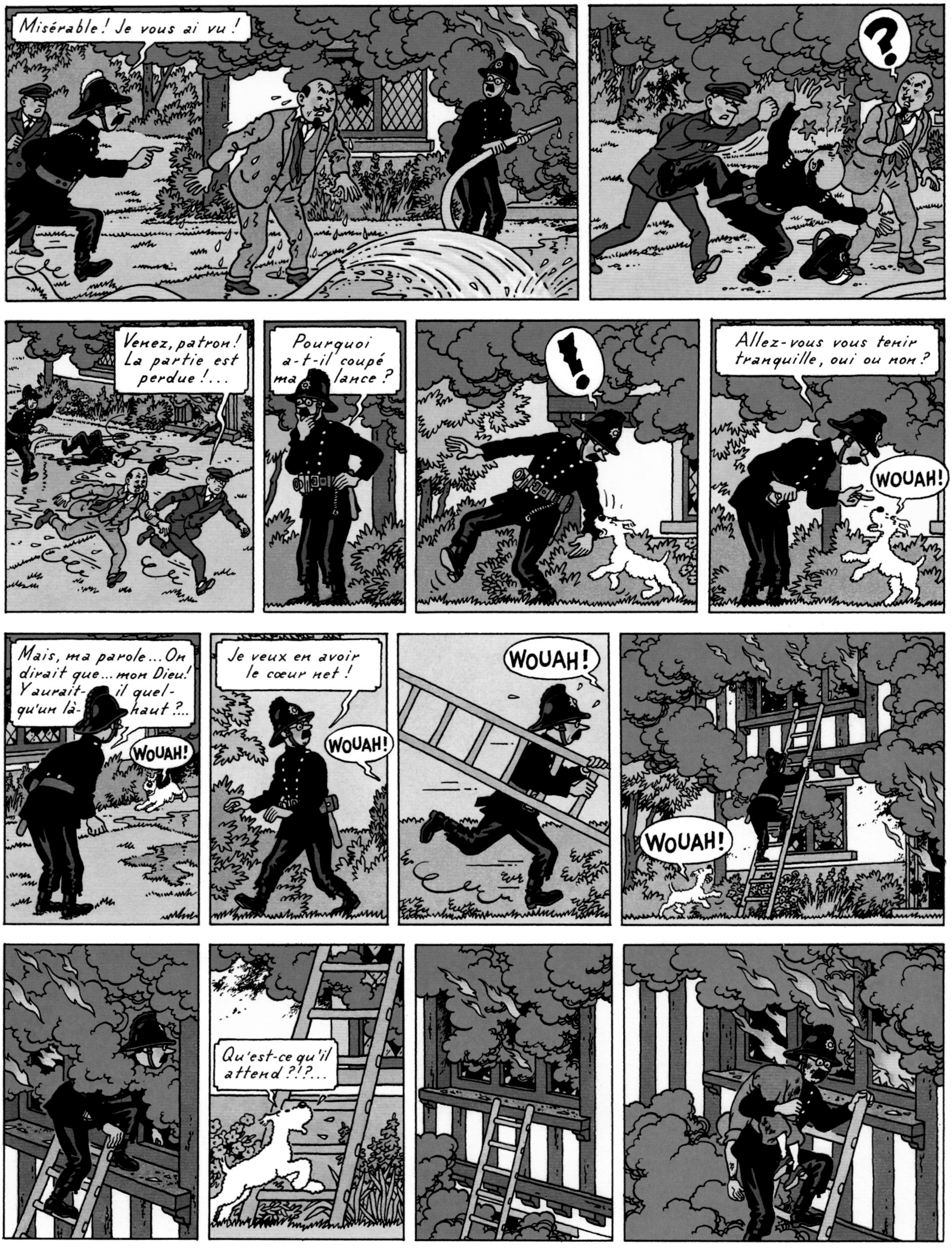
Misérable ! Je vous ai vu !
?
Venez, patron ! La partie est perdue !...
Pourquoi a-t-il coupé ma lance ?
!
Allez-vous vous tenir tranquille, oui ou non ?
WOUAH !
Mais, ma parole... On dirait que... mon Dieu ! Y aurait-il quelqu'un là-haut ?...
WOUAH !
Je veux en avoir le cœur net !
WOUAH !
WOUAH !
WOUAH !
Qu'est-ce qu'il attend ?!?...

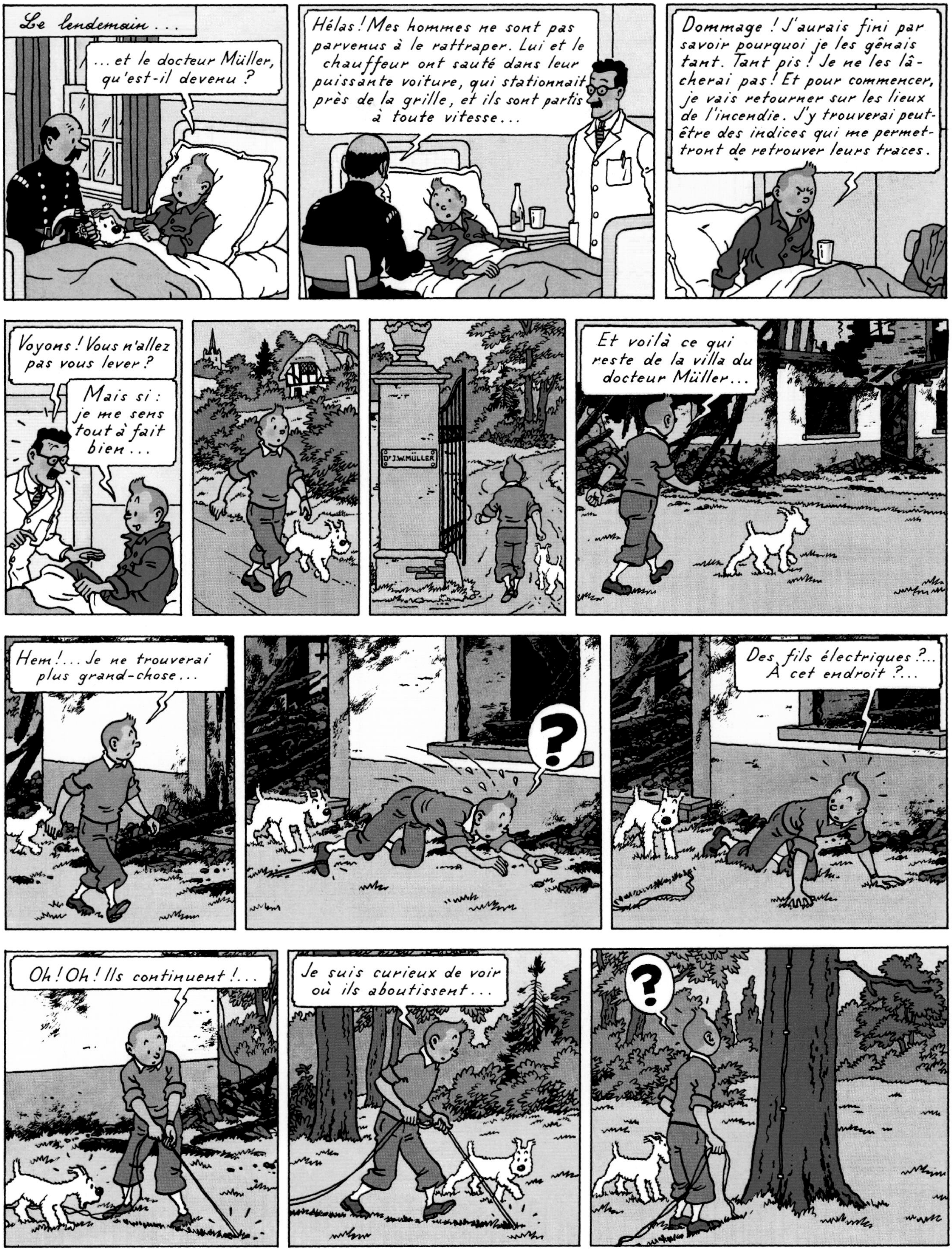
Le lendemain...
... et le docteur Müller, qu'est-il devenu ?
Hélas! Mes hommes ne sont pas parvenus à le rattraper. Lui et le chauffeur ont sauté dans leur puissante voiture, qui stationnait près de la grille, et ils sont partis à toute vitesse...
Dommage ! J'aurais fini par savoir pourquoi je les gênais tant. Tant pis ! Je ne les lâcherai pas ! Et pour commencer, je vais retourner sur les lieux de l'incendie. J'y trouverai peut-être des indices qui me permettront de retrouver leurs traces.
Voyons ! Vous n'allez pas vous lever ?
Mais si : je me sens tout à fait bien...
Dr J.W. MÜLLER
Et voilà ce qui reste de la villa du docteur Müller...
Hem!... Je ne trouverai plus grand-chose...
?
Des fils électriques ?... À cet endroit ?...
Oh ! Oh ! Ils continuent !...
Je suis curieux de voir où ils aboutissent...
?

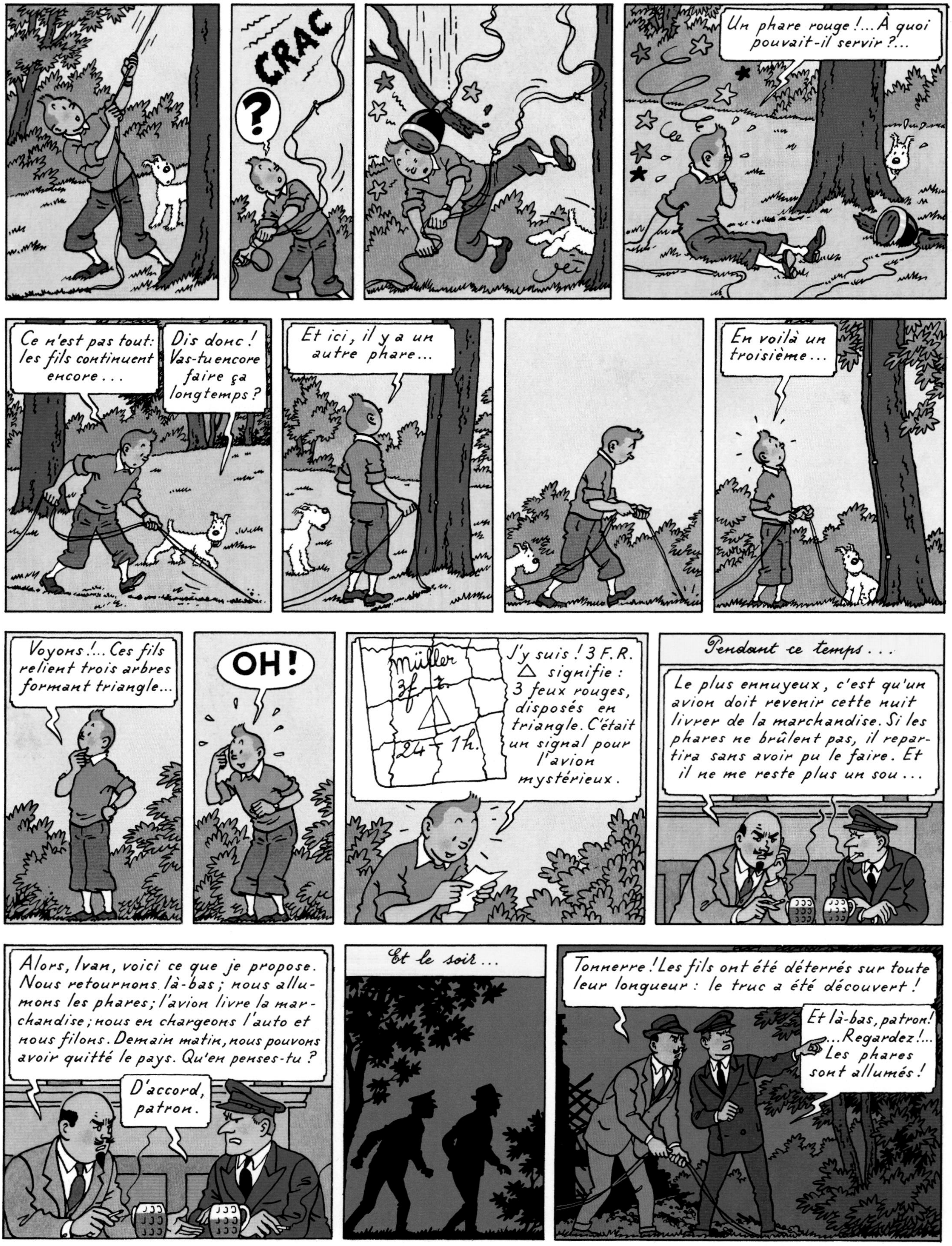
CRAC
?
Un phare rouge !... À quoi pouvait-il servir ?...
Ce n'est pas tout: les fils continuent encore...
Dis donc ! Vas-tu encore faire ça longtemps ?
Et ici, il y a un autre phare...
En voilà un troisième...
Voyons !... Ces fils relient trois arbres formant triangle...
OH !
Müller
3f r.
24 - 1h.
J'y suis ! 3 F. R. △ signifie : 3 feux rouges, disposés en triangle. C'était un signal pour l'avion mystérieux.
Pendant ce temps...
Le plus ennuyeux, c'est qu'un avion doit revenir cette nuit livrer de la marchandise. Si les phares ne brûlent pas, il repartira sans avoir pu le faire. Et il ne me reste plus un sou...
Alors, Ivan, voici ce que je propose. Nous retournons là-bas ; nous allumons les phares ; l'avion livre la marchandise ; nous en chargeons l'auto et nous filons. Demain matin, nous pouvons avoir quitté le pays. Qu'en penses-tu ?
D'accord, patron.
Et le soir...
Tonnerre ! Les fils ont été déterrés sur toute leur longueur : le truc a été découvert !
Et là-bas, patron ! ...Regardez !... Les phares sont allumés !

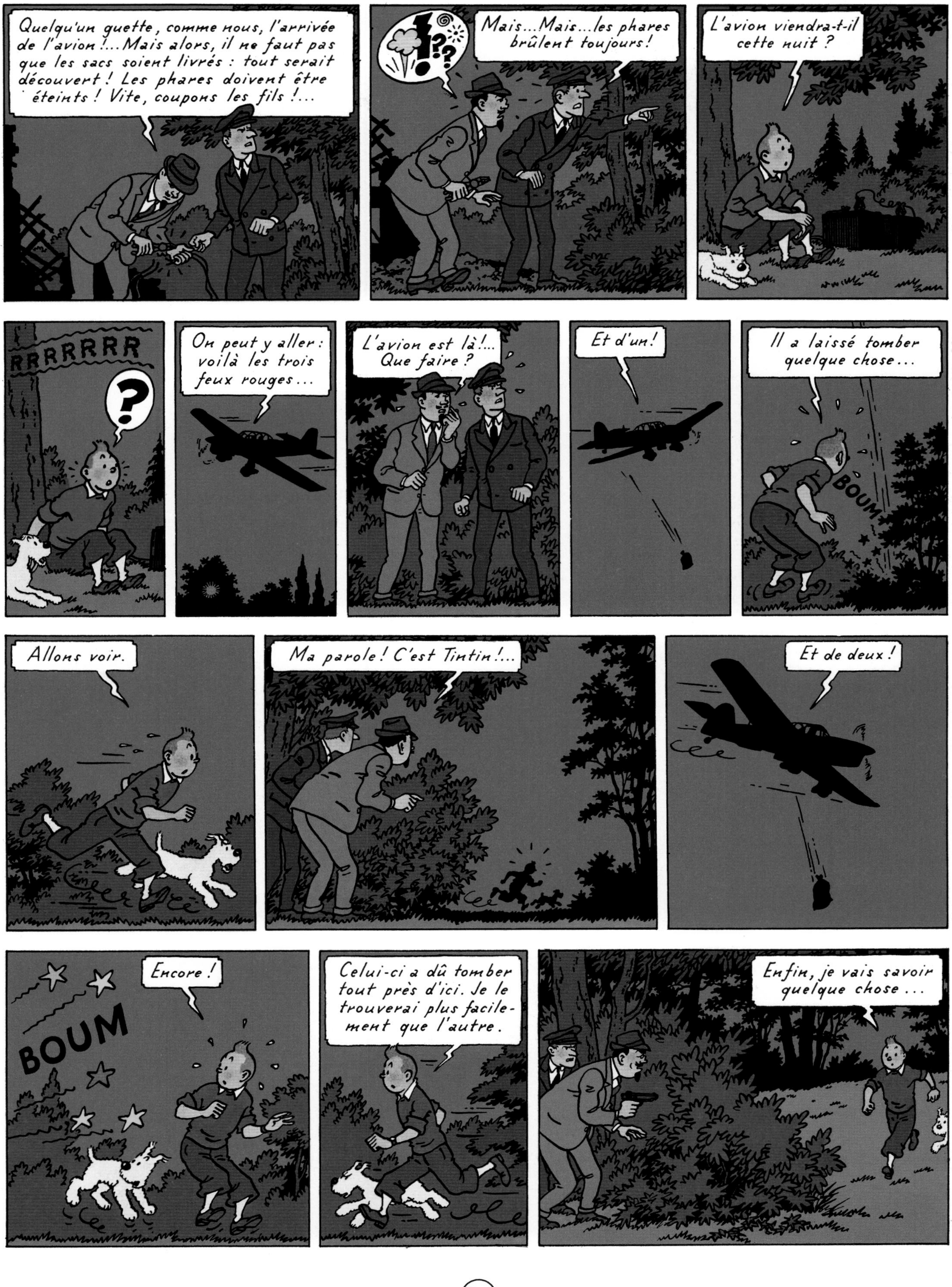

Quelqu'un guette, comme nous, l'arrivée de l'avion !... Mais alors, il ne faut pas que les sacs soient livrés : tout serait découvert ! Les phares doivent être éteints ! Vite, coupons les fils !...
Mais... Mais... les phares brûlent toujours !
L'avion viendra-t-il cette nuit ?
RRRRRRRR
On peut y aller : voilà les trois feux rouges...
L'avion est là !... Que faire ?
Et d'un !
Il a laissé tomber quelque chose...
BOUM
Allons voir.
Ma parole ! C'est Tintin !...
Et de deux !
BOUM
Encore !
Celui-ci a dû tomber tout près d'ici. Je le trouverai plus facilement que l'autre.
Enfin, je vais savoir quelque chose...

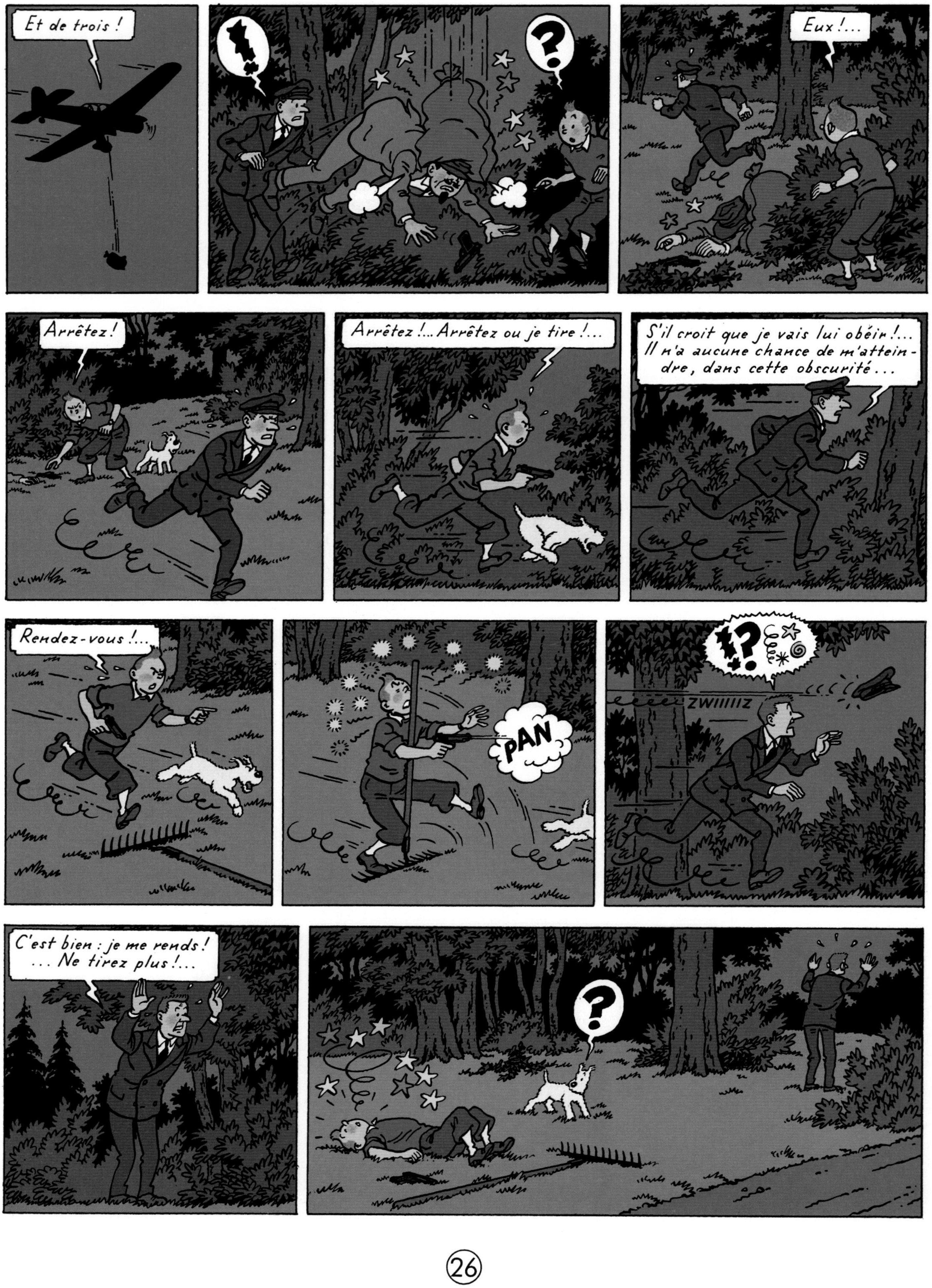

Et de trois !
Eux !...
Arrêtez !
Arrêtez !... Arrêtez ou je tire !...
S'il croit que je vais lui obéir !... Il n'a aucune chance de m'atteindre, dans cette obscurité...
Rendez-vous !...
PAN
ZWIIIIIZ
C'est bien : je me rends ! ... Ne tirez plus !...

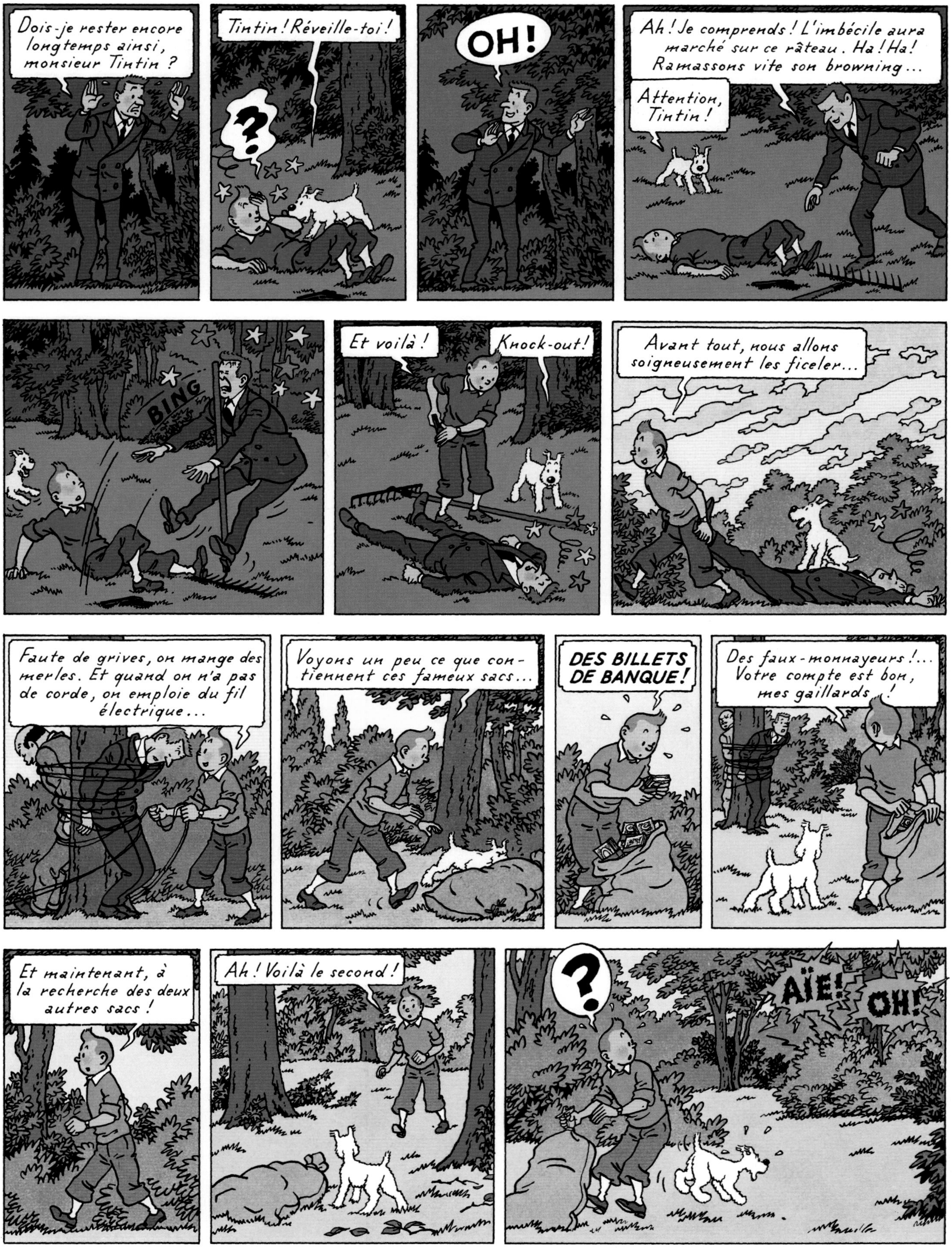
Dois-je rester encore longtemps ainsi, monsieur Tintin ?
Tintin ! Réveille-toi !
?
OH !
Ah ! Je comprends ! L'imbécile aura marché sur ce râteau. Ha ! Ha ! Ramassons vite son browning...
Attention, Tintin !
BING
Et voilà !
Knock-out !
Avant tout, nous allons soigneusement les ficeler...
Faute de grives, on mange des merles. Et quand on n'a pas de corde, on emploie du fil électrique...
Voyons un peu ce que contiennent ces fameux sacs...
DES BILLETS DE BANQUE !
Des faux-monnayeurs !... Votre compte est bon, mes gaillards... !
Et maintenant, à la recherche des deux autres sacs !
Ah ! Voilà le second !
?
AÏE !
OH !

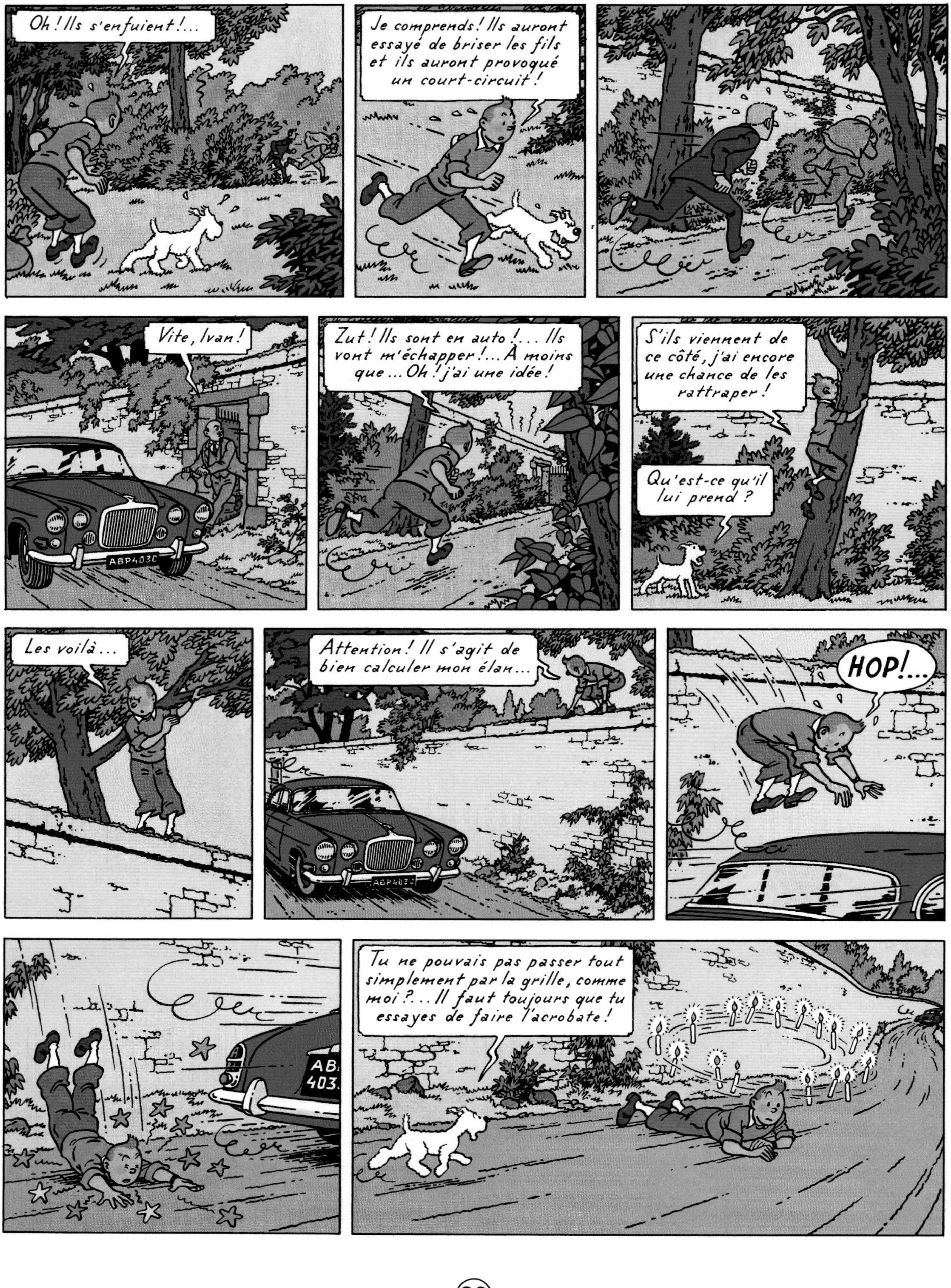

Oh ! Ils s'enfuient !...
Je comprends ! Ils auront essayé de briser les fils et ils auront provoqué un court-circuit !
Vite, Ivan !
ABP403C
Zut ! Ils sont en auto !... Ils vont m'échapper !... À moins que... Oh ! j'ai une idée !
S'ils viennent de ce côté, j'ai encore une chance de les rattraper !
Qu'est-ce qu'il lui prend ?
Les voilà...
Attention ! Il s'agit de bien calculer mon élan...
ABP403C
HOP !...
Tu ne pouvais pas passer tout simplement par la grille, comme moi ?... Il faut toujours que tu essayes de faire l'acrobate !

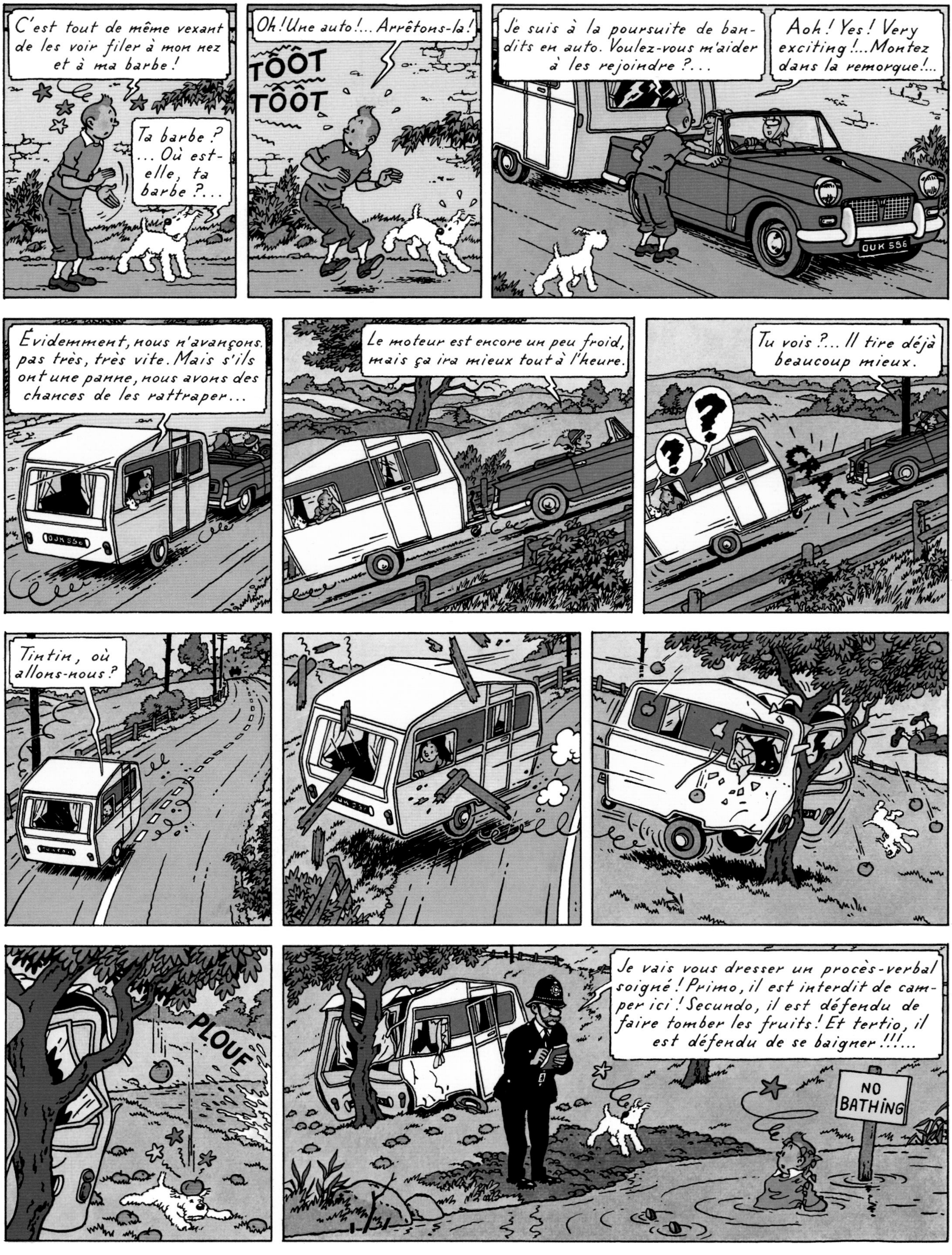
C'est tout de même vexant de les voir filer à mon nez et à ma barbe !
Ta barbe ? ... Où est-elle, ta barbe ?...
Oh ! Une auto !... Arrêtons-la !
TÔÔT
TÔÔT
Je suis à la poursuite de bandits en auto. Voulez-vous m'aider à les rejoindre ?...
Aoh ! Yes ! Very exciting !... Montez dans la remorque !...
OUK 556
Évidemment, nous n'avançons pas très, très vite. Mais s'ils ont une panne, nous avons des chances de les rattraper...
Le moteur est encore un peu froid, mais ça ira mieux tout à l'heure.
Tu vois ?... Il tire déjà beaucoup mieux.
CRAC
Tintin, où allons-nous ?
PLOUF
Je vais vous dresser un procès-verbal soigné ! Primo, il est interdit de camper ici ! Secundo, il est défendu de faire tomber les fruits ! Et tertio, il est défendu de se baigner !!!...
NO BATHING

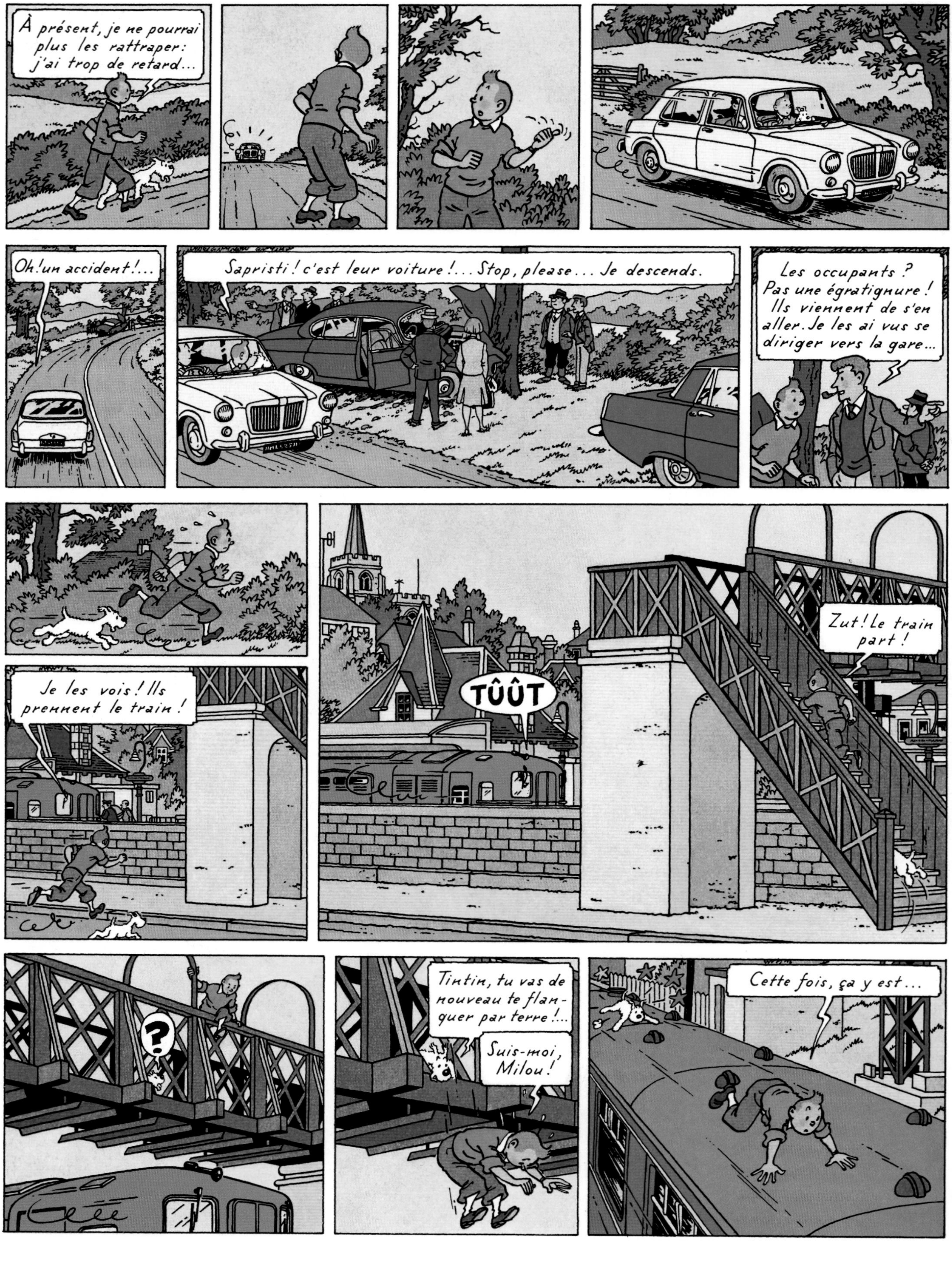

À présent, je ne pourrai plus les rattraper: j'ai trop de retard...
Oh! un accident!...
Sapristi! c'est leur voiture!... Stop, please... Je descends.
Les occupants? Pas une égratignure! Ils viennent de s'en aller. Je les ai vus se diriger vers la gare...
Je les vois! Ils prennent le train!
TÛÛT
Zut! Le train part!
?
Tintin, tu vas de nouveau te flanquer par terre!...
Suis-moi, Milou!
Cette fois, ça y est...

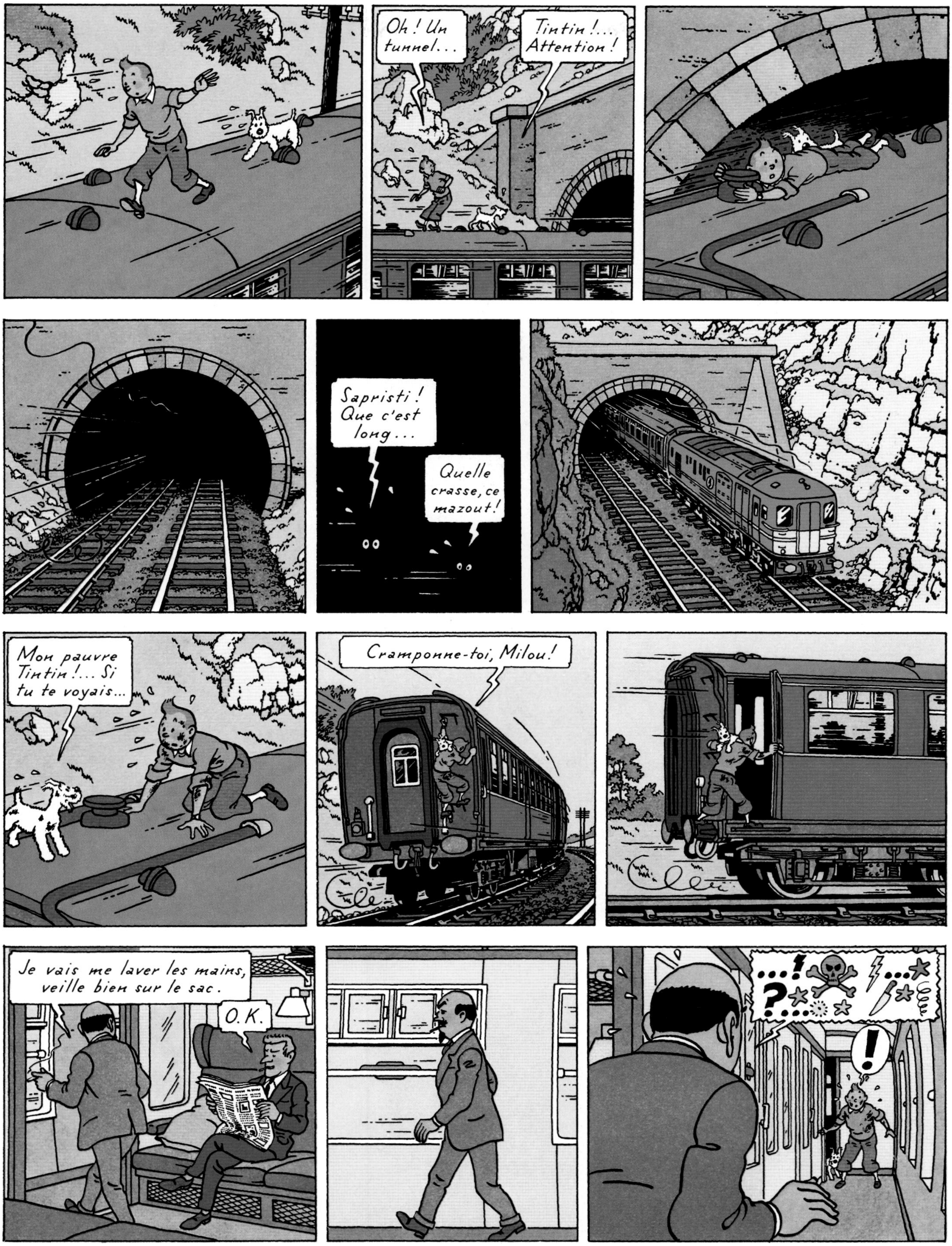

Oh ! Un tunnel...
Tintin !... Attention !
Sapristi ! Que c'est long...
Quelle crasse, ce mazout !
Mon pauvre Tintin !... Si tu te voyais...
Cramponne-toi, Milou !
Je vais me laver les mains, veille bien sur le sac.
O.K.
!

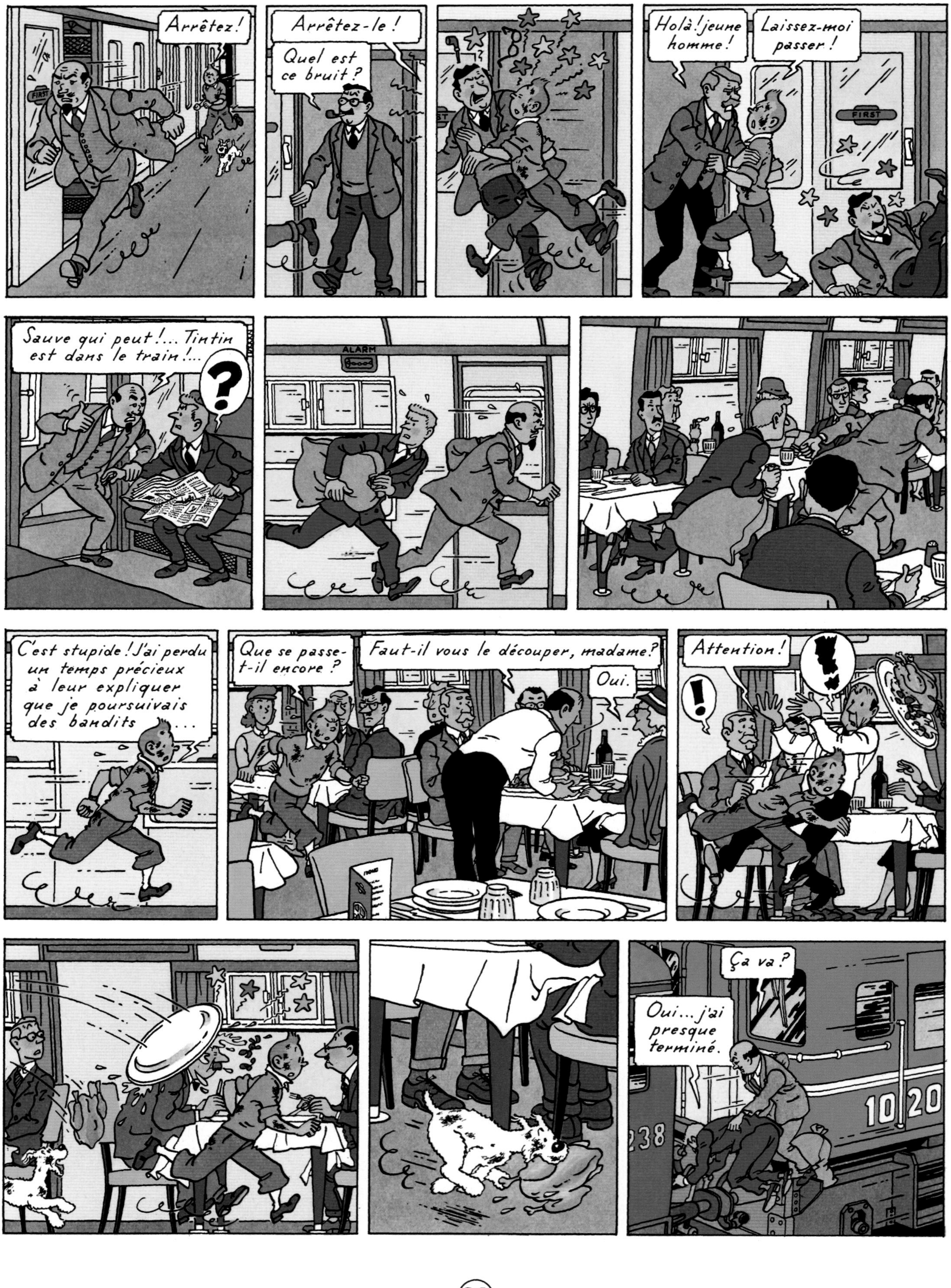
Arrêtez!
Arrêtez-le!
Quel est ce bruit?
Holà! jeune homme!
Laissez-moi passer!
FIRST
Sauve qui peut!... Tintin est dans le train!...
?
ALARM
C'est stupide! J'ai perdu un temps précieux à leur expliquer que je poursuivais des bandits...
Que se passe-t-il encore?
Faut-il vous le découper, madame?
Oui.
Attention!
!
Ça va?
Oui... j'ai presque terminé.
10 20
238

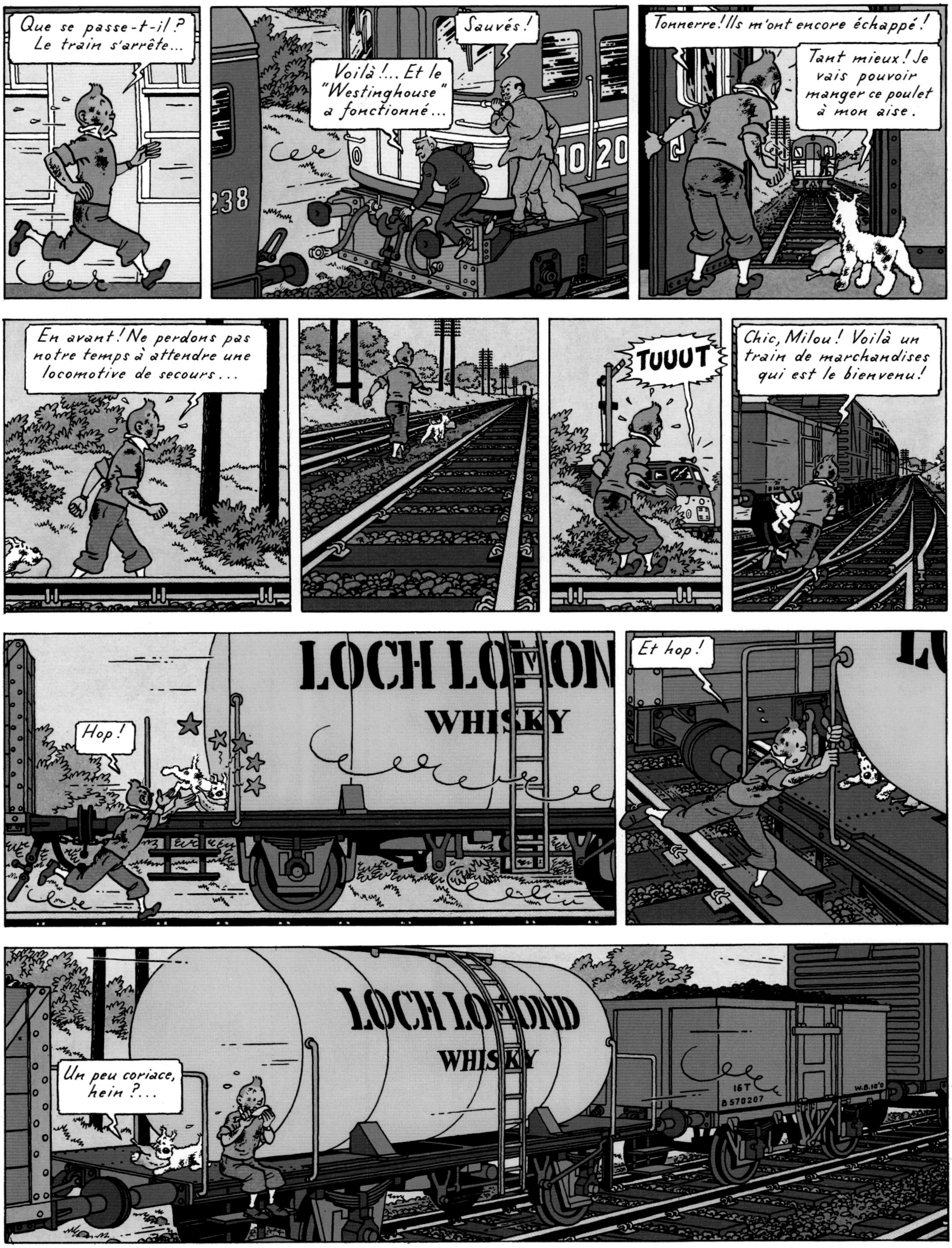
Que se passe-t-il? Le train s'arrête...
Sauvés!
Voilà!... Et le "Westinghouse" a fonctionné...
Tonnerre! Ils m'ont encore échappé!
Tant mieux! Je vais pouvoir manger ce poulet à mon aise.
En avant! Ne perdons pas notre temps à attendre une locomotive de secours...
TUUUT
Chic, Milou! Voilà un train de marchandises qui est le bienvenu!
LOCH LOMON
WHISKY
Hop!
Et hop!
LOCH LOMOND
WHISKY
Un peu coriace, hein?...

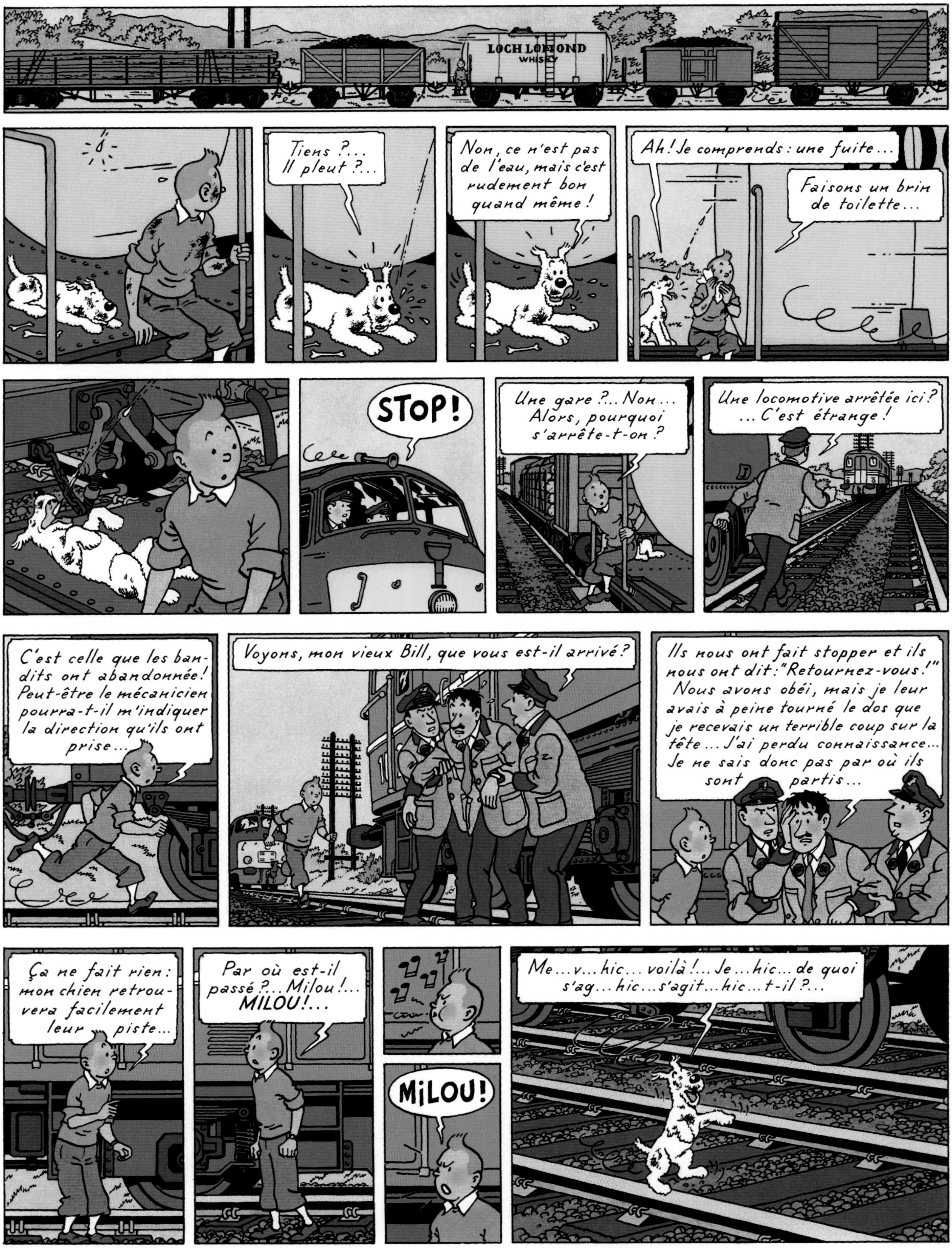
LOCH LOMOND WHISKY
Tiens ?... Il pleut ?...
Non, ce n'est pas de l'eau, mais c'est rudement bon quand même !
Ah ! Je comprends : une fuite...
Faisons un brin de toilette...
STOP !
Une gare ?... Non... Alors, pourquoi s'arrête-t-on ?
Une locomotive arrêtée ici ? ... C'est étrange !
C'est celle que les bandits ont abandonnée ! Peut-être le mécanicien pourra-t-il m'indiquer la direction qu'ils ont prise...
Voyons, mon vieux Bill, que vous est-il arrivé ?
Ils nous ont fait stopper et ils nous ont dit : "Retournez-vous !" Nous avons obéi, mais je leur avais à peine tourné le dos que je recevais un terrible coup sur la tête... J'ai perdu connaissance... Je ne sais donc pas par où ils sont partis...
Ça ne fait rien : mon chien retrouvera facilement leur piste...
Par où est-il passé ?... Milou !... MILOU !...
MILOU !
Me... v... hic... voilà !... Je... hic... de quoi s'ag... hic... s'agit... hic... t-il ?...

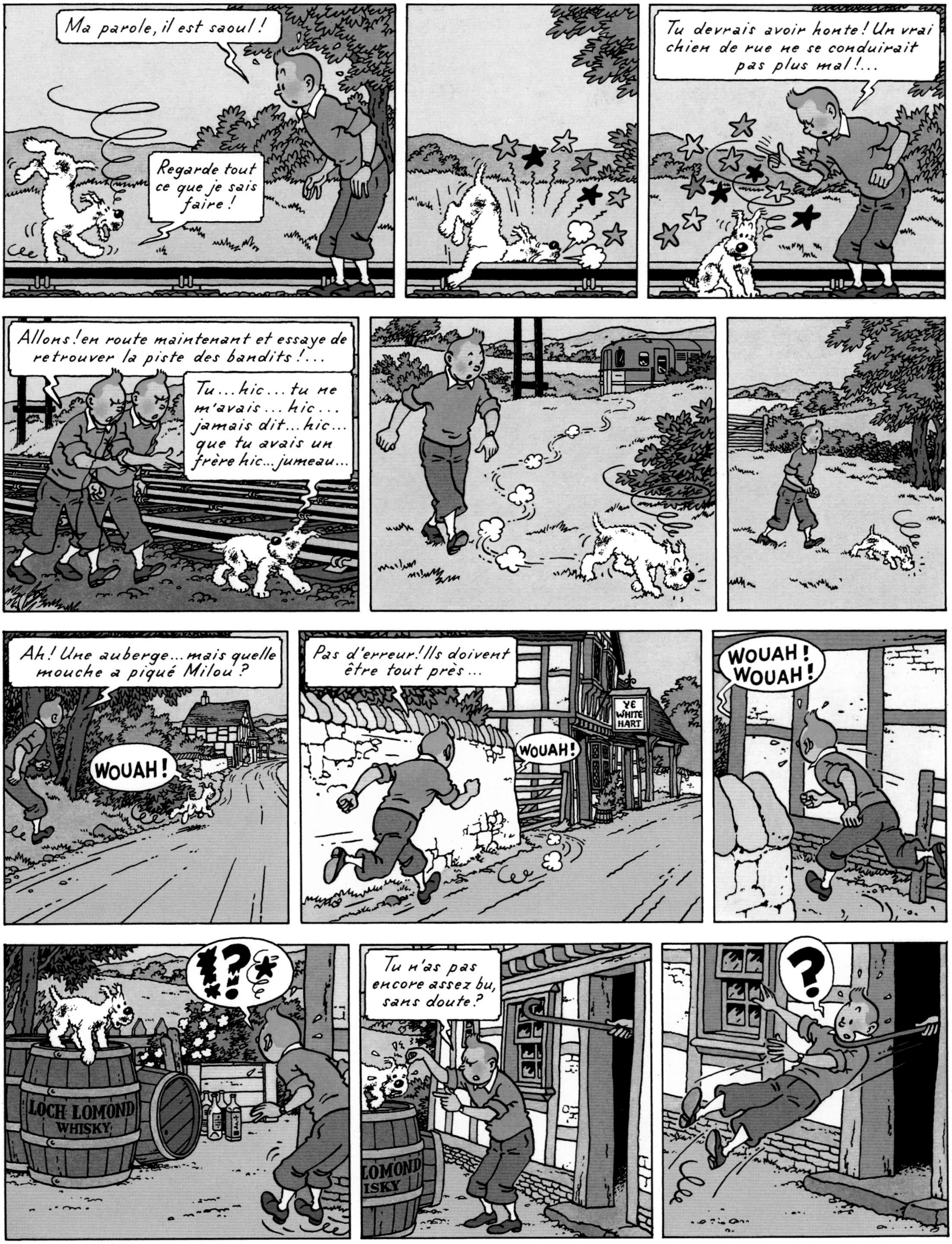
Ma parole, il est saoul !
Regarde tout ce que je sais faire !
Tu devrais avoir honte ! Un vrai chien de rue ne se conduirait pas plus mal !...
Allons ! en route maintenant et essaye de retrouver la piste des bandits !...
Tu... hic... tu ne m'avais... hic... jamais dit... hic... que tu avais un frère hic... jumeau...
Ah ! Une auberge... mais quelle mouche a piqué Milou ?
WOUAH !
Pas d'erreur ! Ils doivent être tout près...
YE WHITE HART
WOUAH !
WOUAH ! WOUAH !
LOCH LOMOND WHISKY
Tu n'as pas encore assez bu, sans doute ?
LOMOND ISKY

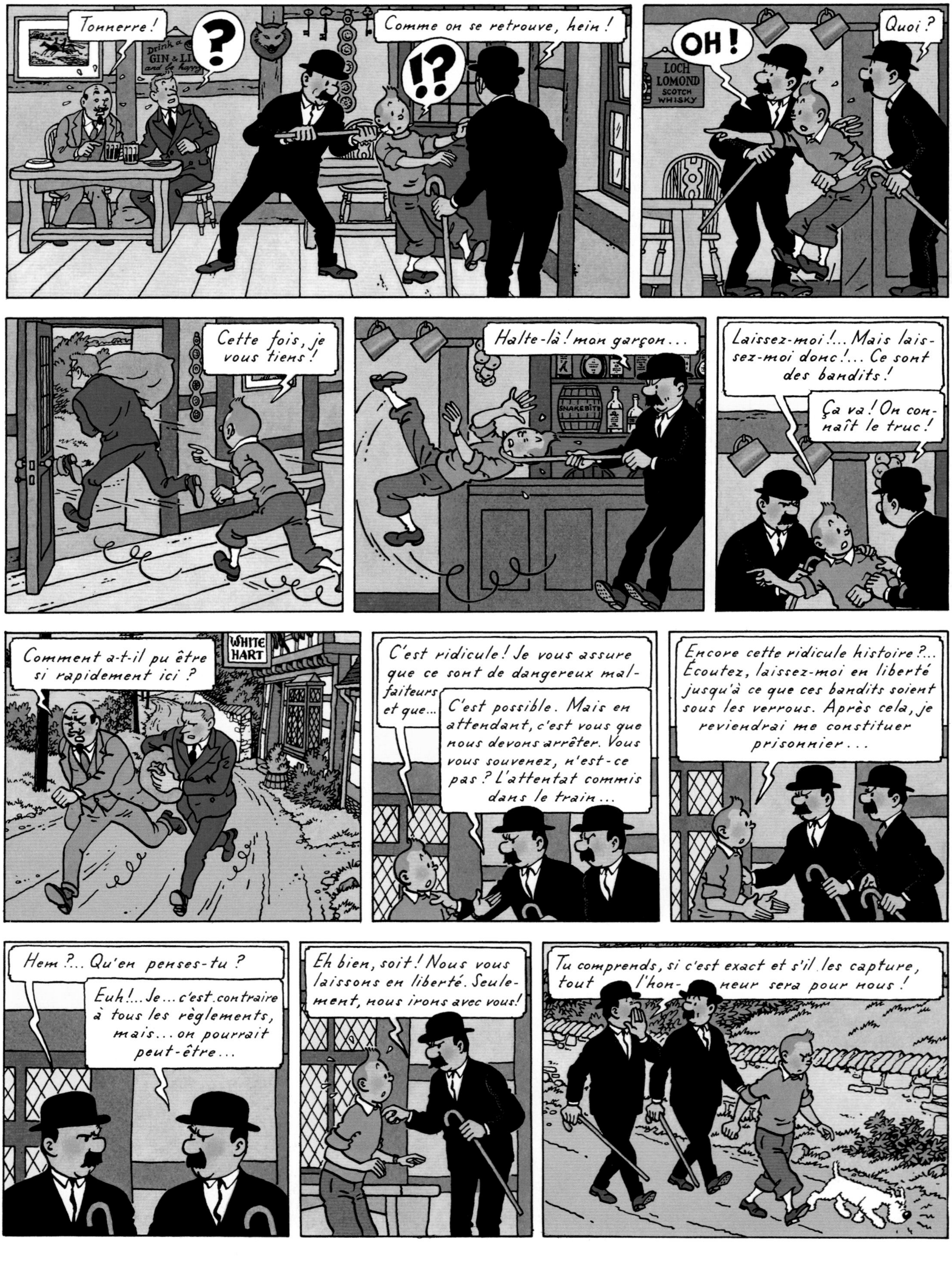
Tonnerre!
?
Drink a GIN & LI...
Comme on se retrouve, hein!
!?
OH!
LOCH LOMOND SCOTCH WHISKY
Quoi?
Cette fois, je vous tiens!
Halte-là! mon garçon...
SNAKEBITE
Laissez-moi!... Mais laissez-moi donc!... Ce sont des bandits!
Ça va! On connaît le truc!
WHITE HART
Comment a-t-il pu être si rapidement ici?
C'est ridicule! Je vous assure que ce sont de dangereux malfaiteurs et que...
C'est possible. Mais en attendant, c'est vous que nous devons arrêter. Vous vous souvenez, n'est-ce pas? L'attentat commis dans le train...
Encore cette ridicule histoire?... Écoutez, laissez-moi en liberté jusqu'à ce que ces bandits soient sous les verrous. Après cela, je reviendrai me constituer prisonnier...
Hem?... Qu'en penses-tu?
Euh!... Je... c'est contraire à tous les règlements, mais... on pourrait peut-être...
Eh bien, soit! Nous vous laissons en liberté. Seulement, nous irons avec vous!
Tu comprends, si c'est exact et s'il les capture, tout l'honneur sera pour nous!

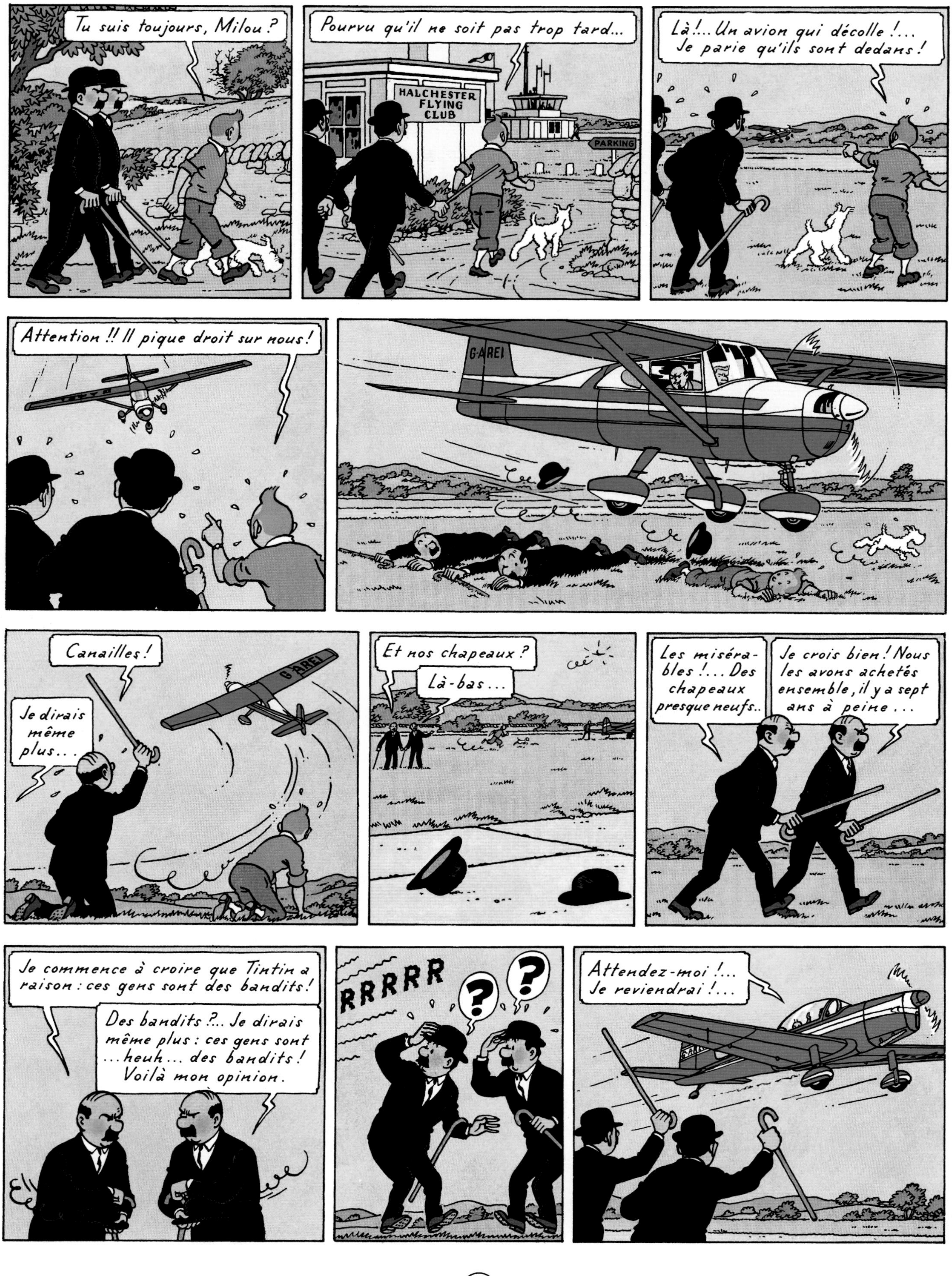
Tu suis toujours, Milou ?
Pourvu qu'il ne soit pas trop tard...
HALCHESTER FLYING CLUB
PARKING
Là !... Un avion qui décolle !... Je parie qu'ils sont dedans !
Attention !! Il pique droit sur nous !
G-AREI
Canailles !
Je dirais même plus...
Et nos chapeaux ?
Là-bas...
Les misérables !... Des chapeaux presque neufs..
Je crois bien ! Nous les avons achetés ensemble, il y a sept ans à peine...
Je commence à croire que Tintin a raison : ces gens sont des bandits !
Des bandits ?... Je dirais même plus : ces gens sont ...heuh... des bandits ! Voilà mon opinion.
RRRRR
?
?
Attendez-moi !... Je reviendrai !...

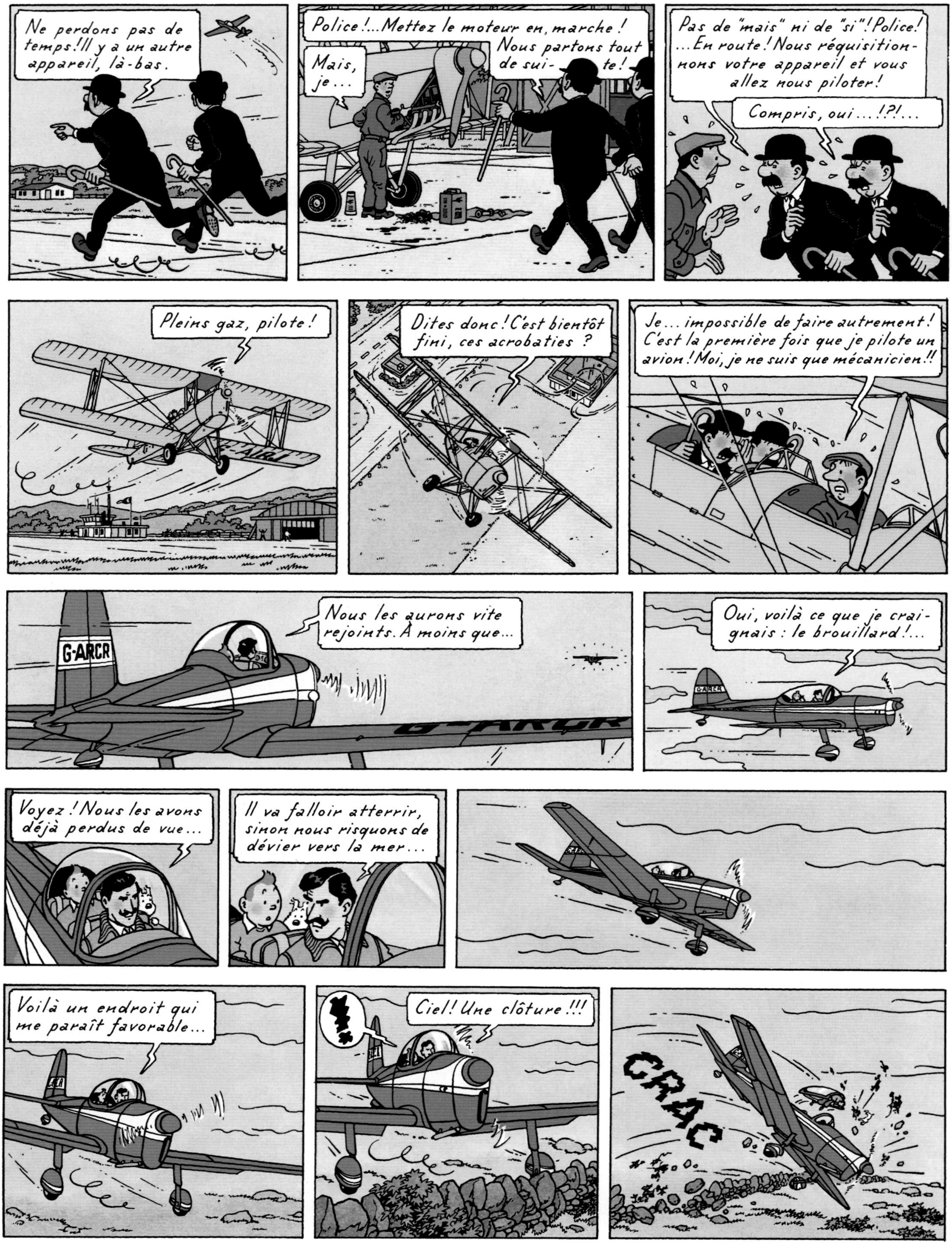

Ne perdons pas de temps! Il y a un autre appareil, là-bas.
Police!... Mettez le moteur en marche!
Mais, je...
Nous partons tout de suite!
Pas de "mais" ni de "si"! Police! ... En route! Nous réquisitionnons votre appareil et vous allez nous piloter!
Compris, oui...!?!...
Pleins gaz, pilote!
Dites donc! C'est bientôt fini, ces acrobaties ?
Je... impossible de faire autrement! C'est la première fois que je pilote un avion! Moi, je ne suis que mécanicien!!
G-ARCR
Nous les aurons vite rejoints. À moins que...
Oui, voilà ce que je craignais : le brouillard!...
Voyez! Nous les avons déjà perdus de vue...
Il va falloir atterrir, sinon nous risquons de dévier vers la mer...
Voilà un endroit qui me paraît favorable...
Ciel! Une clôture!!!
CRAC

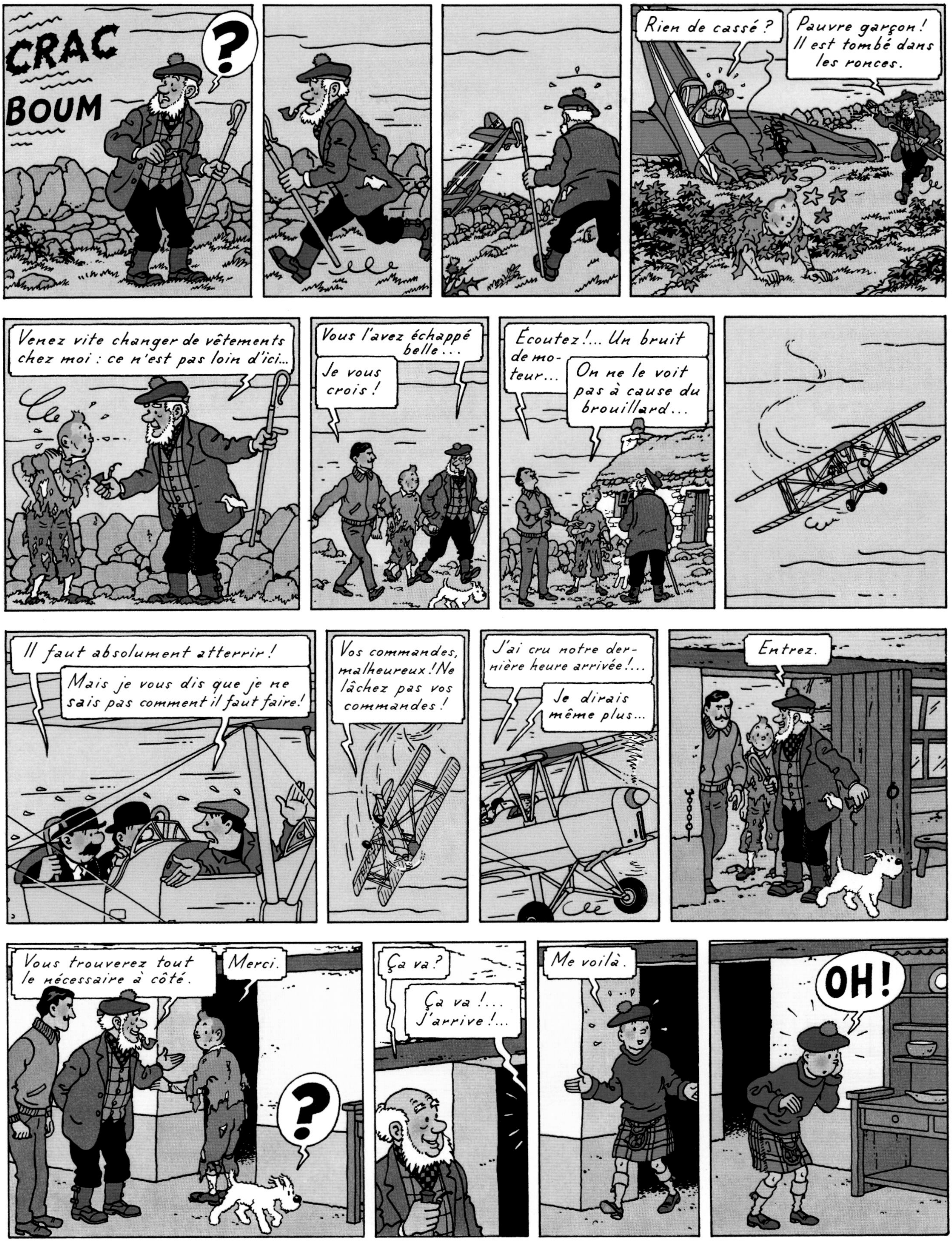
CRAC
BOUM
?
Rien de cassé ?
Pauvre garçon ! Il est tombé dans les ronces.
Venez vite changer de vêtements chez moi : ce n'est pas loin d'ici...
Vous l'avez échappé belle...
Je vous crois !
Écoutez !... Un bruit de moteur...
On ne le voit pas à cause du brouillard...
Il faut absolument atterrir !
Mais je vous dis que je ne sais pas comment il faut faire !
Vos commandes, malheureux ! Ne lâchez pas vos commandes !
J'ai cru notre dernière heure arrivée !...
Je dirais même plus...
Entrez.
Vous trouverez tout le nécessaire à côté.
Merci.
?
Ça va ?
Ça va !... J'arrive !...
Me voilà.
OH !

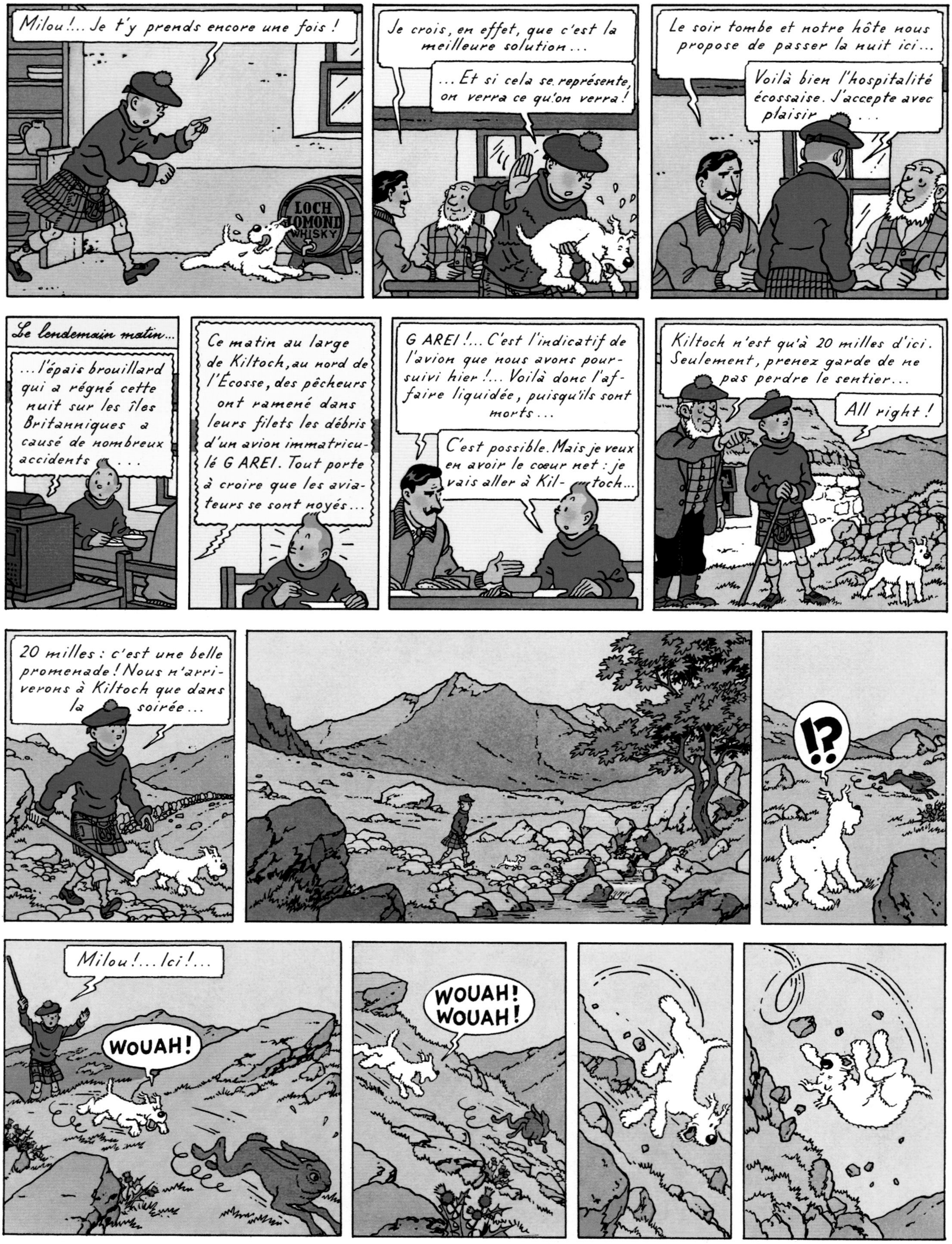

Milou !... Je t'y prends encore une fois !
LOCH LOMOND WHISKY
Je crois, en effet, que c'est la meilleure solution...
... Et si cela se représente, on verra ce qu'on verra !
Le soir tombe et notre hôte nous propose de passer la nuit ici...
Voilà bien l'hospitalité écossaise. J'accepte avec plaisir ...
Le lendemain matin...
... l'épais brouillard qui a régné cette nuit sur les îles Britanniques a causé de nombreux accidents ...
Ce matin au large de Kiltoch, au nord de l'Écosse, des pêcheurs ont ramené dans leurs filets les débris d'un avion immatriculé G AREI. Tout porte à croire que les aviateurs se sont noyés...
G AREI !... C'est l'indicatif de l'avion que nous avons poursuivi hier !... Voilà donc l'affaire liquidée, puisqu'ils sont morts...
C'est possible. Mais je veux en avoir le cœur net : je vais aller à Kiltoch...
Kiltoch n'est qu'à 20 milles d'ici. Seulement, prenez garde de ne pas perdre le sentier...
All right !
20 milles : c'est une belle promenade ! Nous n'arriverons à Kiltoch que dans la soirée...
!?
Milou !... Ici !...
WOUAH !
WOUAH ! WOUAH !

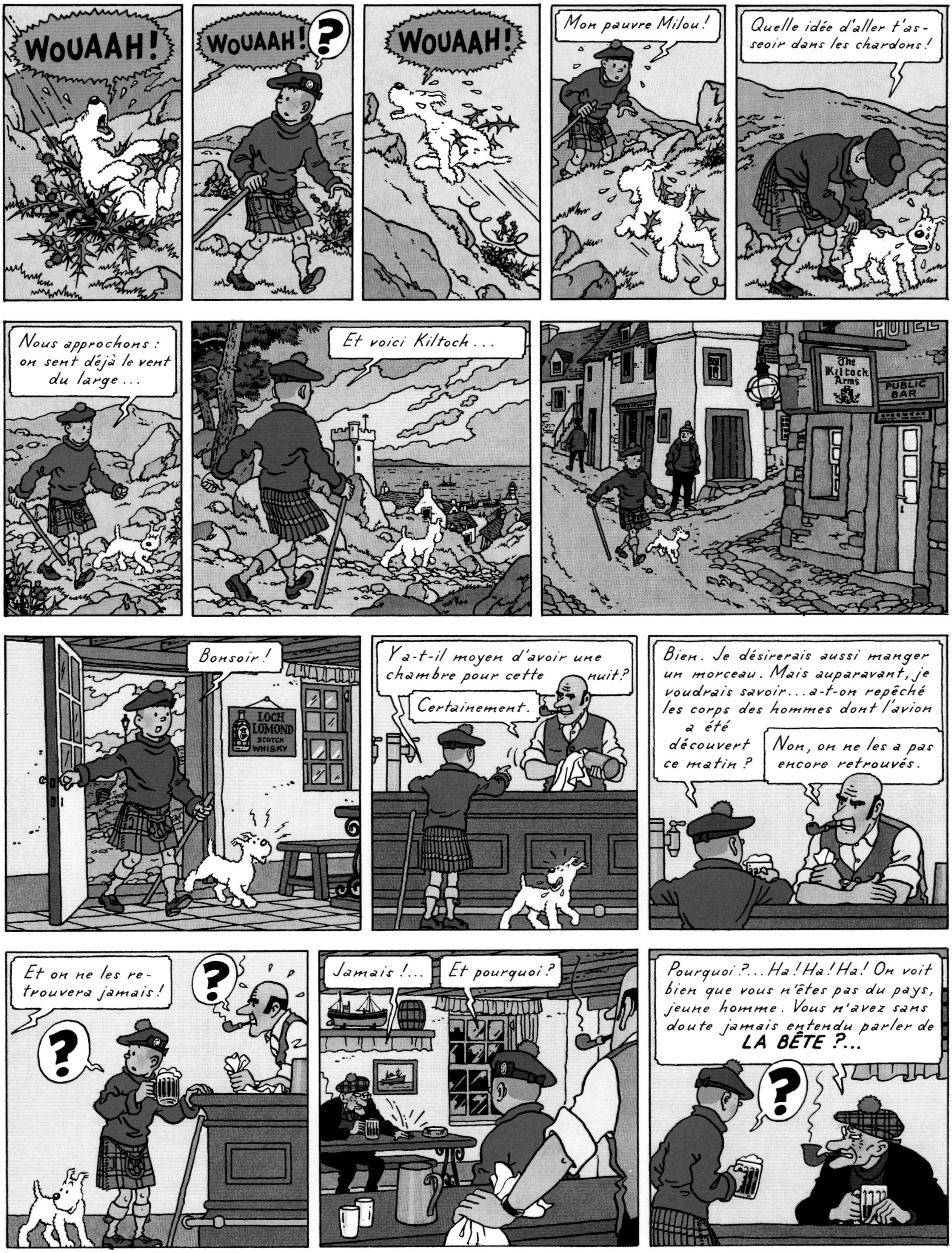
WOUAAH!
WOUAAH!
?
WOUAAH!
Mon pauvre Milou!
Quelle idée d'aller t'asseoir dans les chardons!
Nous approchons : on sent déjà le vent du large...
Et voici Kiltoch...
HOTEL
The Kiltoch Arms
PUBLIC BAR
Bonsoir!
LOCH LOMOND SCOTCH WHISKY
Y a-t-il moyen d'avoir une chambre pour cette nuit?
Certainement.
Bien. Je désirerais aussi manger un morceau. Mais auparavant, je voudrais savoir... a-t-on repêché les corps des hommes dont l'avion a été découvert ce matin?
Non, on ne les a pas encore retrouvés.
Et on ne les retrouvera jamais!
?
?
Jamais!...
Et pourquoi?
Pourquoi?... Ha! Ha! Ha! On voit bien que vous n'êtes pas du pays, jeune homme. Vous n'avez sans doute jamais entendu parler de LA BÊTE?...
?

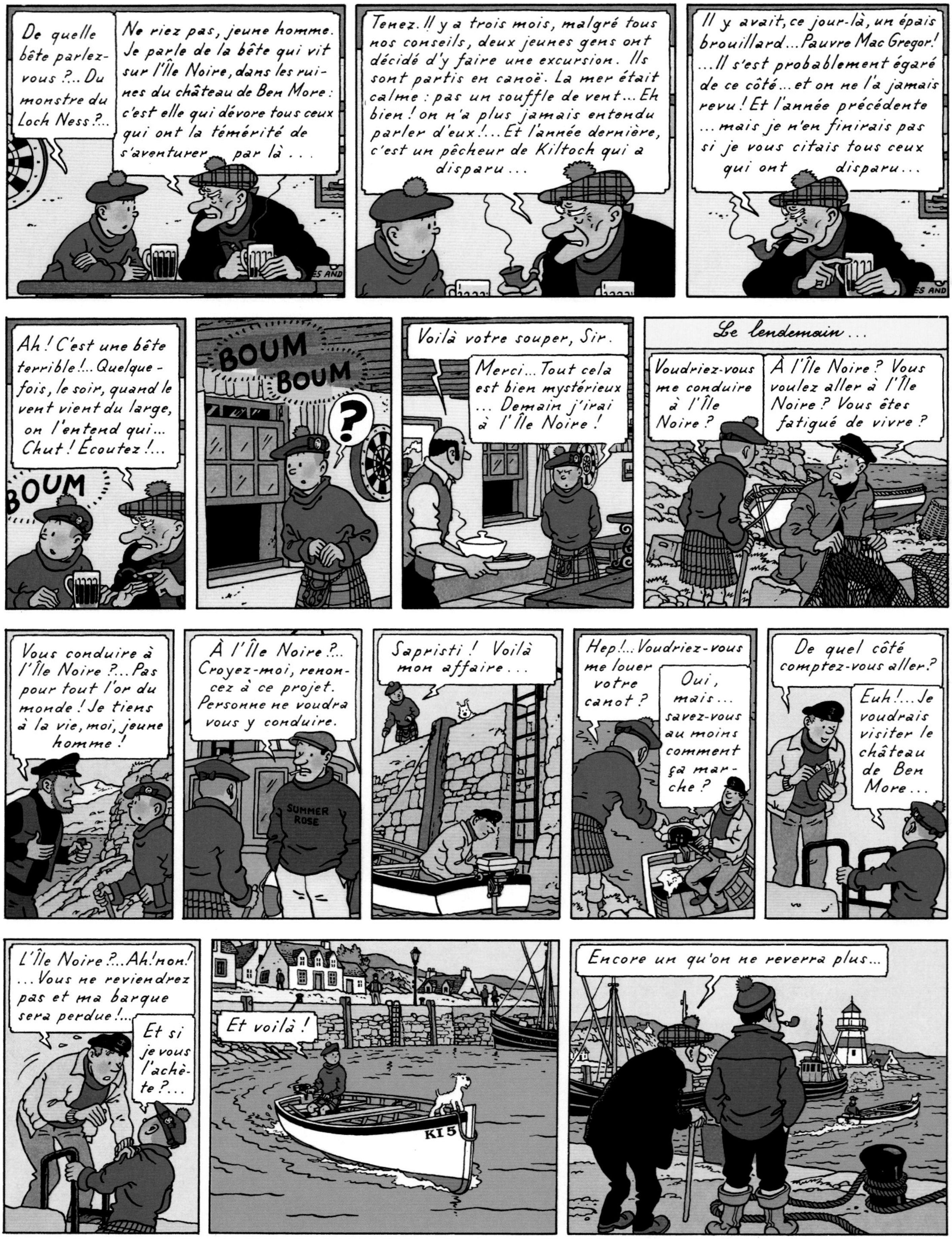
De quelle bête parlez-vous ?... Du monstre du Loch Ness ?...
Ne riez pas, jeune homme. Je parle de la bête qui vit sur l'Île Noire, dans les ruines du château de Ben More : c'est elle qui dévore tous ceux qui ont la témérité de s'aventurer par là . . .
Tenez. Il y a trois mois, malgré tous nos conseils, deux jeunes gens ont décidé d'y faire une excursion. Ils sont partis en canoë. La mer était calme : pas un souffle de vent... Eh bien ! on n'a plus jamais entendu parler d'eux !... Et l'année dernière, c'est un pêcheur de Kiltoch qui a disparu...
Il y avait, ce jour-là, un épais brouillard... Pauvre Mac Gregor ! ...Il s'est probablement égaré de ce côté... et on ne l'a jamais revu ! Et l'année précédente ... mais je n'en finirais pas si je vous citais tous ceux qui ont disparu...
Ah ! C'est une bête terrible !... Quelquefois, le soir, quand le vent vient du large, on l'entend qui... Chut ! Écoutez !...
BOUM
BOUM
BOUM
?
Voilà votre souper, Sir.
Merci... Tout cela est bien mystérieux ... Demain j'irai à l'Île Noire !
Le lendemain...
Voudriez-vous me conduire à l'Île Noire ?
À l'Île Noire ? Vous voulez aller à l'Île Noire ? Vous êtes fatigué de vivre ?
Vous conduire à l'Île Noire ?... Pas pour tout l'or du monde ! Je tiens à la vie, moi, jeune homme !
À l'Île Noire ?... Croyez-moi, renoncez à ce projet. Personne ne voudra vous y conduire.
SUMMER ROSE
Sapristi ! Voilà mon affaire...
Hep !... Voudriez-vous me louer votre canot ?
Oui, mais... savez-vous au moins comment ça marche ?
De quel côté comptez-vous aller ?
Euh !... Je voudrais visiter le château de Ben More...
L'Île Noire ?... Ah ! non ! ...Vous ne reviendrez pas et ma barque sera perdue !...
Et si je vous l'achète ?...
Et voilà !
KI 5
Encore un qu'on ne reverra plus...

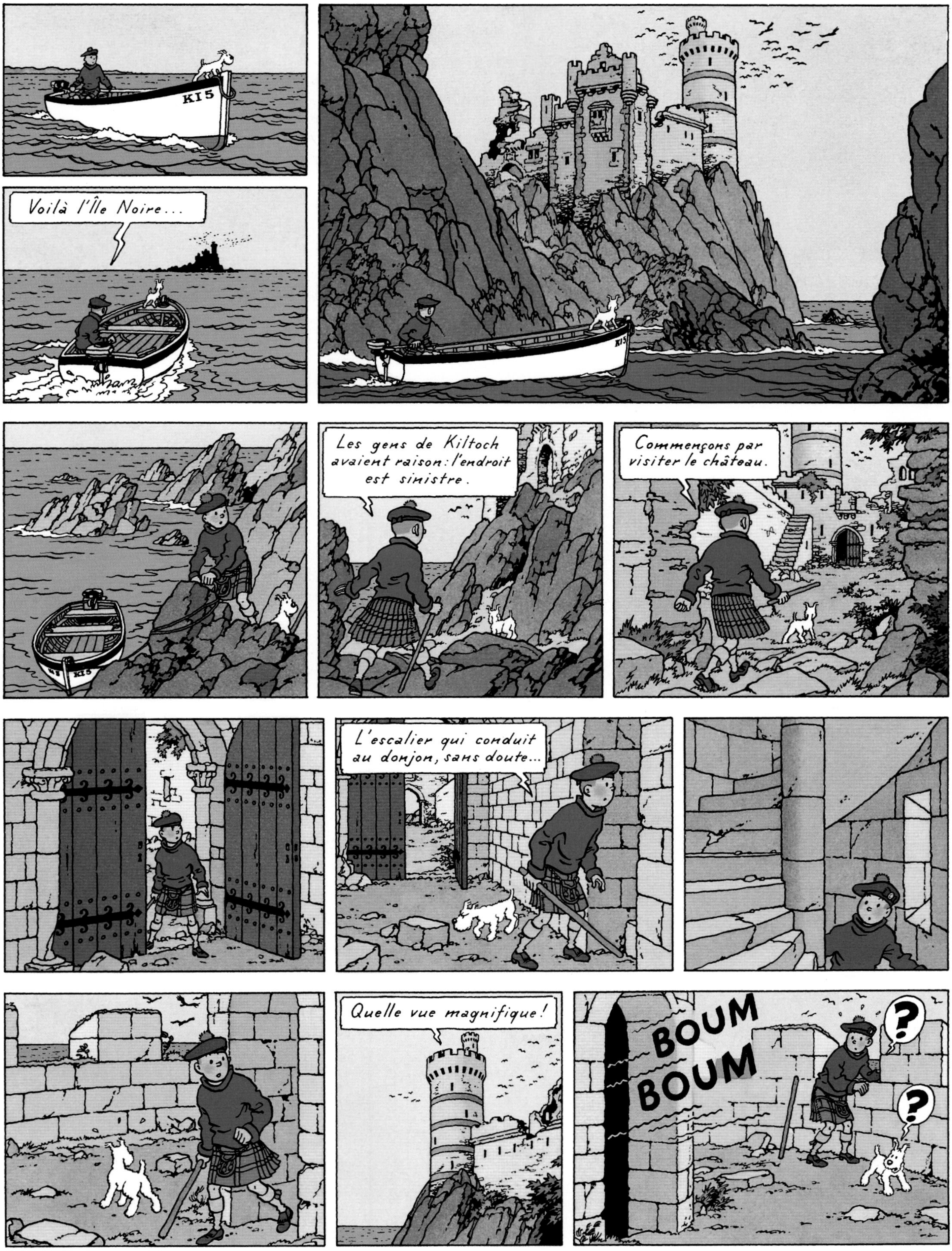

KI 5
Voilà l'Île Noire...
KI 5
KI5
KI 5
Les gens de Kiltoch avaient raison: l'endroit est sinistre.
Commençons par visiter le château.
L'escalier qui conduit au donjon, sans doute...
Quelle vue magnifique!
BOUM
BOUM
?
?

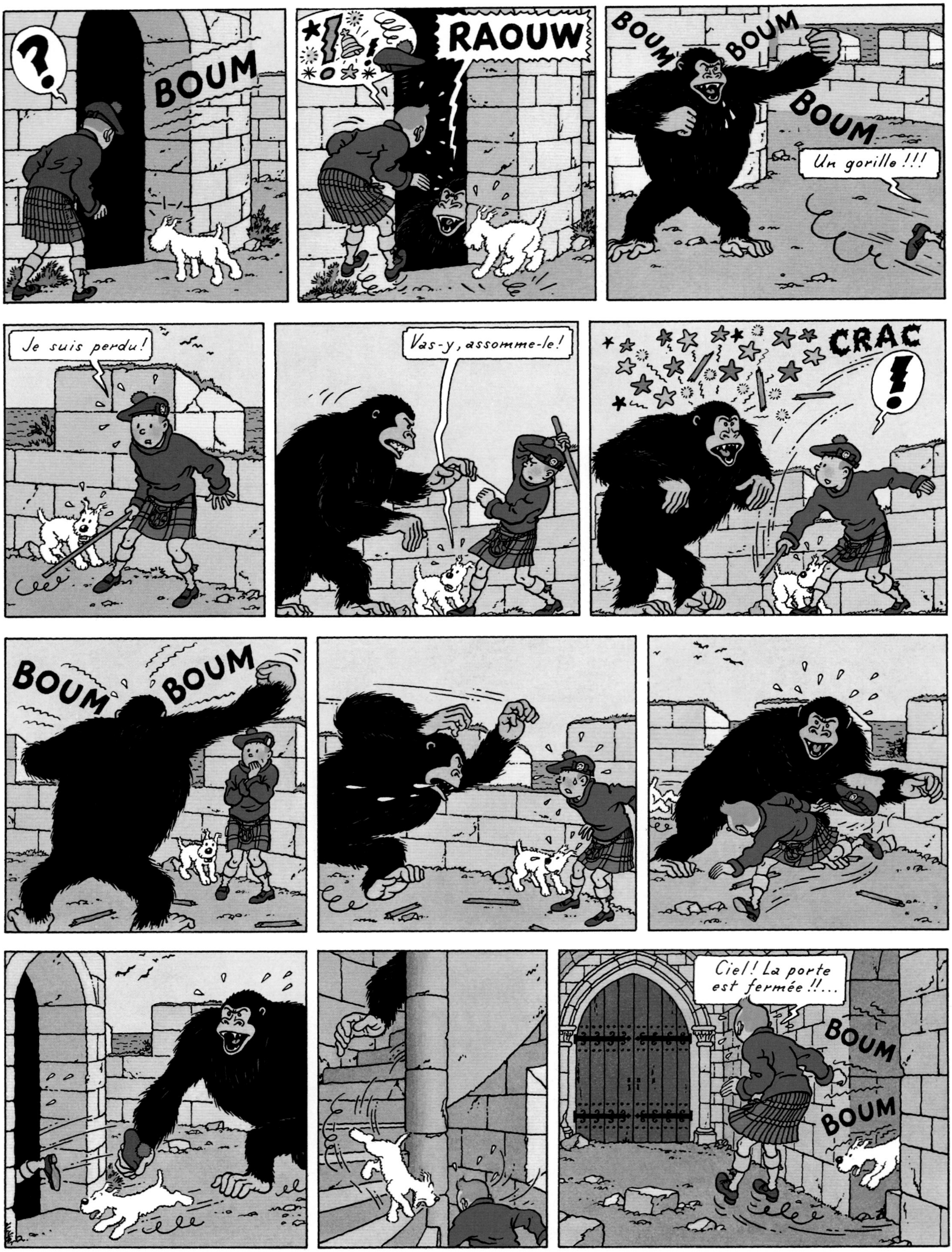
?
BOUM
RAOUW
BOUM
BOUM
BOUM
Un gorille !!!
Je suis perdu!
Vas-y, assomme-le!
CRAC
!
BOUM
BOUM
Ciel! La porte est fermée !!...
BOUM
BOUM

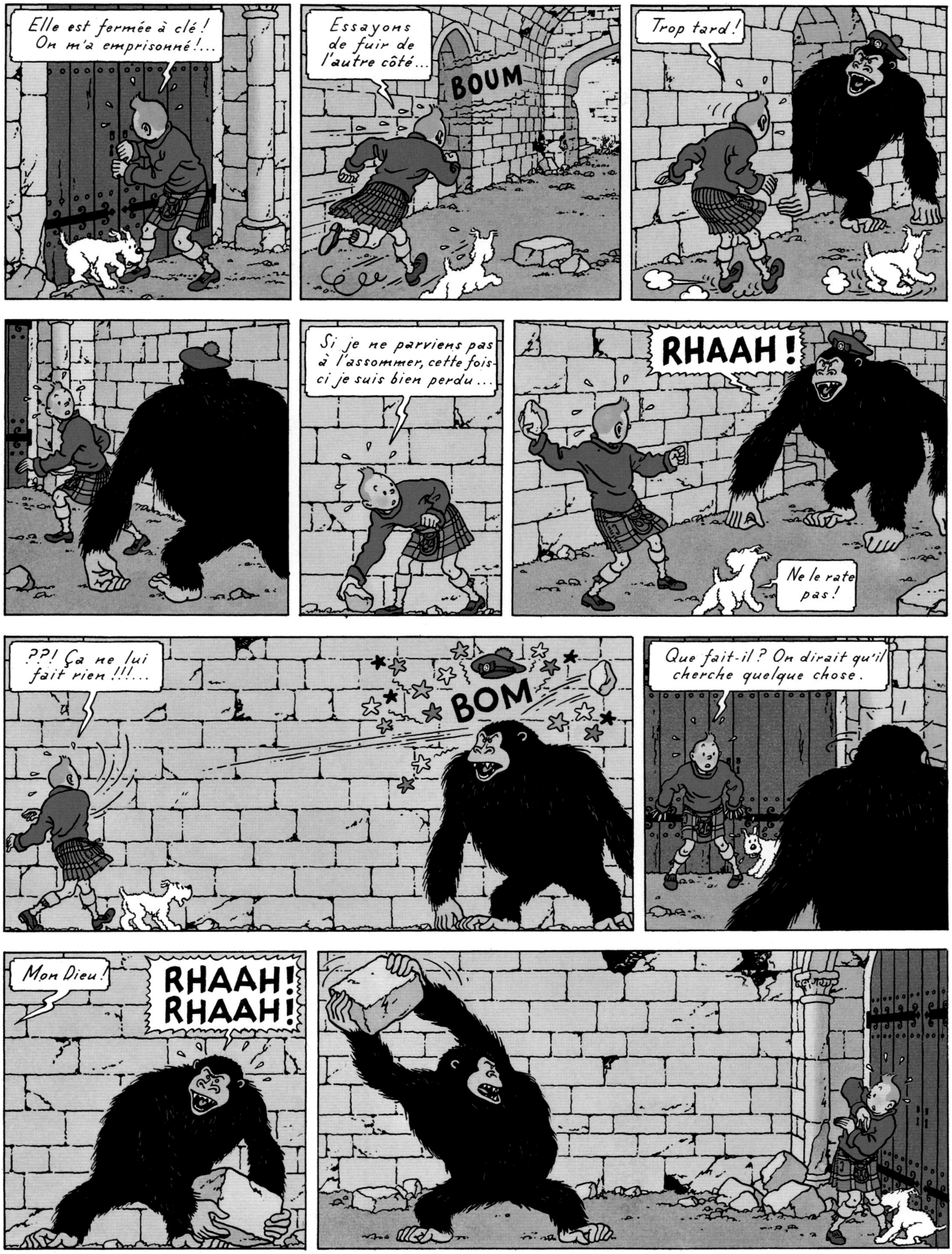
Elle est fermée à clé ! On m'a emprisonné !...
Essayons de fuir de l'autre côté...
BOUM
Trop tard !
Si je ne parviens pas à l'assommer, cette fois-ci je suis bien perdu...
RHAAH !
Ne le rate pas !
??! Ça ne lui fait rien !!!...
BOM
Que fait-il ? On dirait qu'il cherche quelque chose.
Mon Dieu !
RHAAH ! RHAAH !

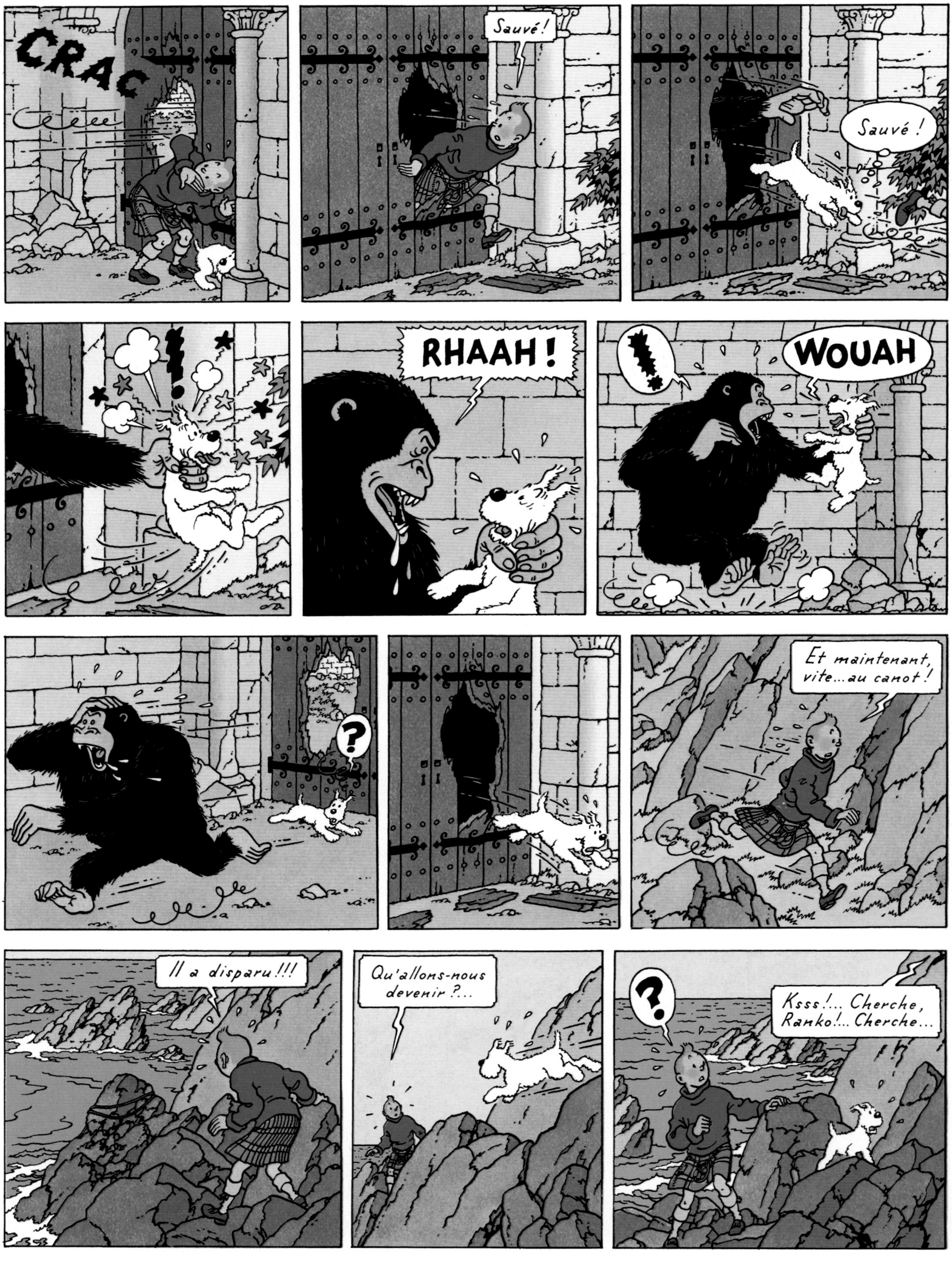
CRAC
Sauvé!
Sauvé !
RHAAH !
WOUAH
Et maintenant, vite... au canot !
Il a disparu!!!
Qu'allons-nous devenir ?...
Ksss!... Cherche, Ranko!... Cherche...

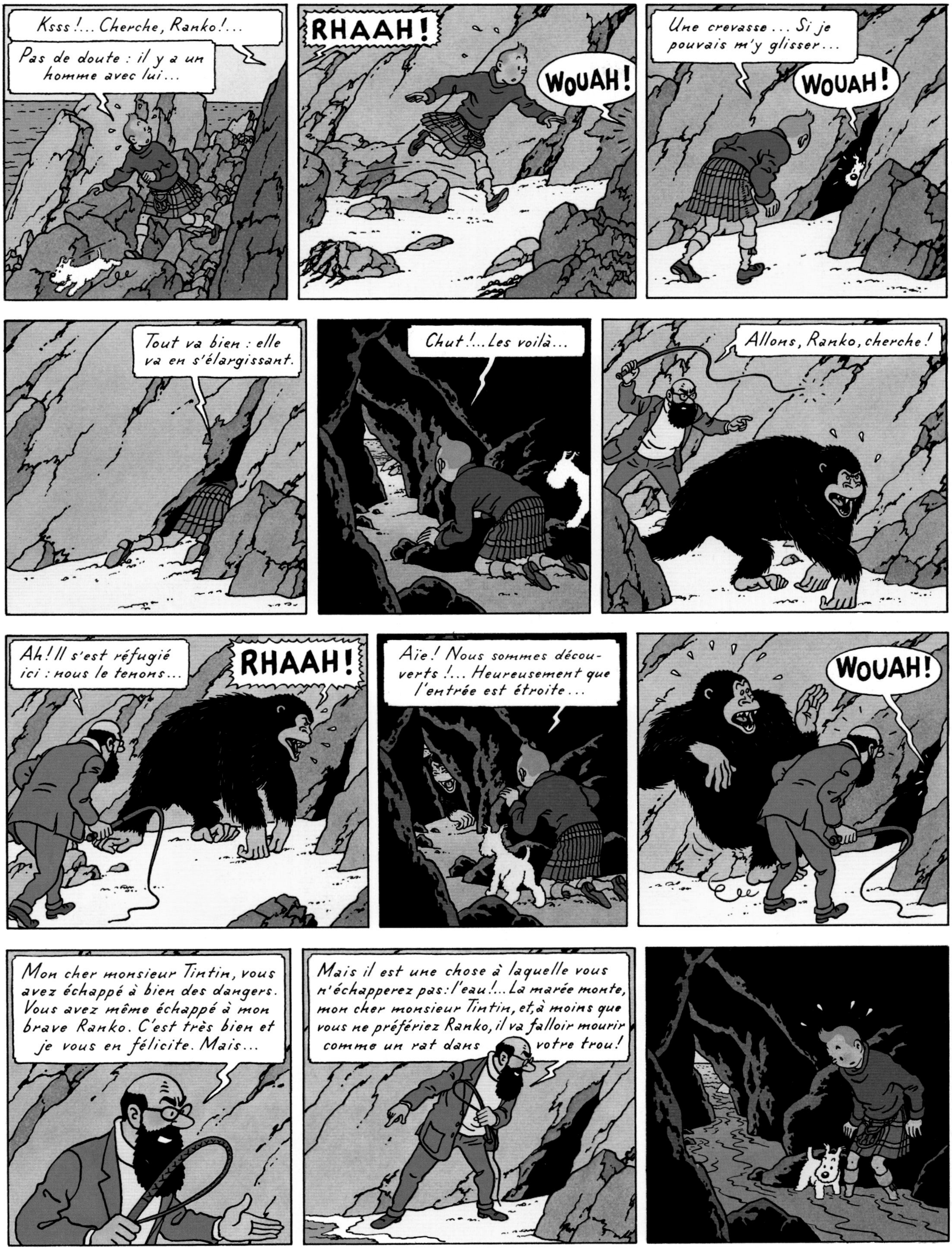
Ksss!... Cherche, Ranko!...
Pas de doute : il y a un homme avec lui...
RHAAH!
WOUAH!
Une crevasse... Si je pouvais m'y glisser...
WOUAH!
Tout va bien : elle va en s'élargissant.
Chut!... Les voilà...
Allons, Ranko, cherche!
Ah! Il s'est réfugié ici : nous le tenons...
RHAAH!
Aïe! Nous sommes découverts!... Heureusement que l'entrée est étroite...
WOUAH!
Mon cher monsieur Tintin, vous avez échappé à bien des dangers. Vous avez même échappé à mon brave Ranko. C'est très bien et je vous en félicite. Mais...
Mais il est une chose à laquelle vous n'échapperez pas: l'eau!... La marée monte, mon cher monsieur Tintin, et, à moins que vous ne préfériez Ranko, il va falloir mourir comme un rat dans votre trou!

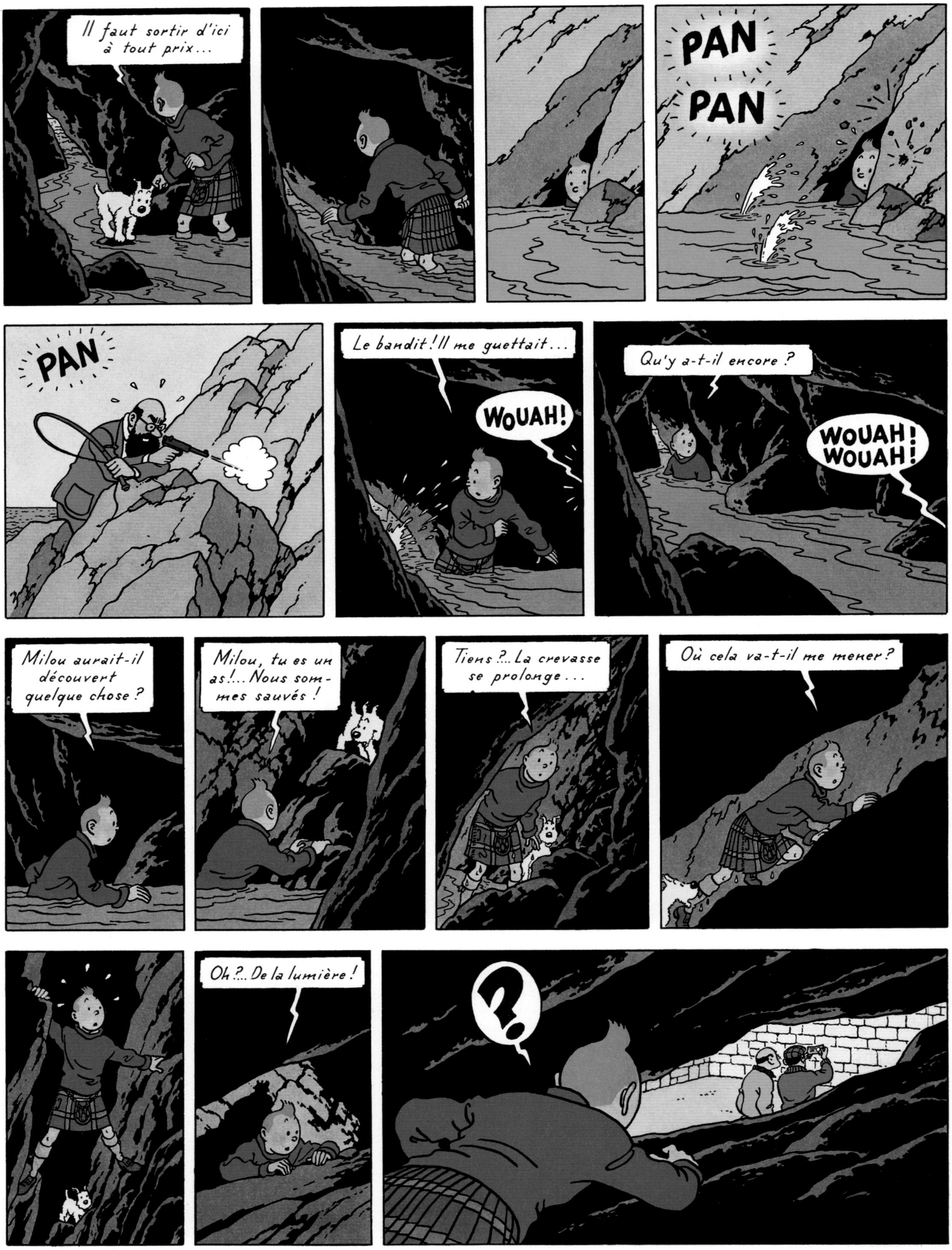
Il faut sortir d'ici à tout prix...
PAN
PAN
PAN
Le bandit ! Il me guettait...
WOUAH !
Qu'y a-t-il encore ?
WOUAH ! WOUAH !
Milou aurait-il découvert quelque chose ?
Milou, tu es un as !... Nous sommes sauvés !
Tiens ?... La crevasse se prolonge...
Où cela va-t-il me mener ?
Oh ?... De la lumière !
?

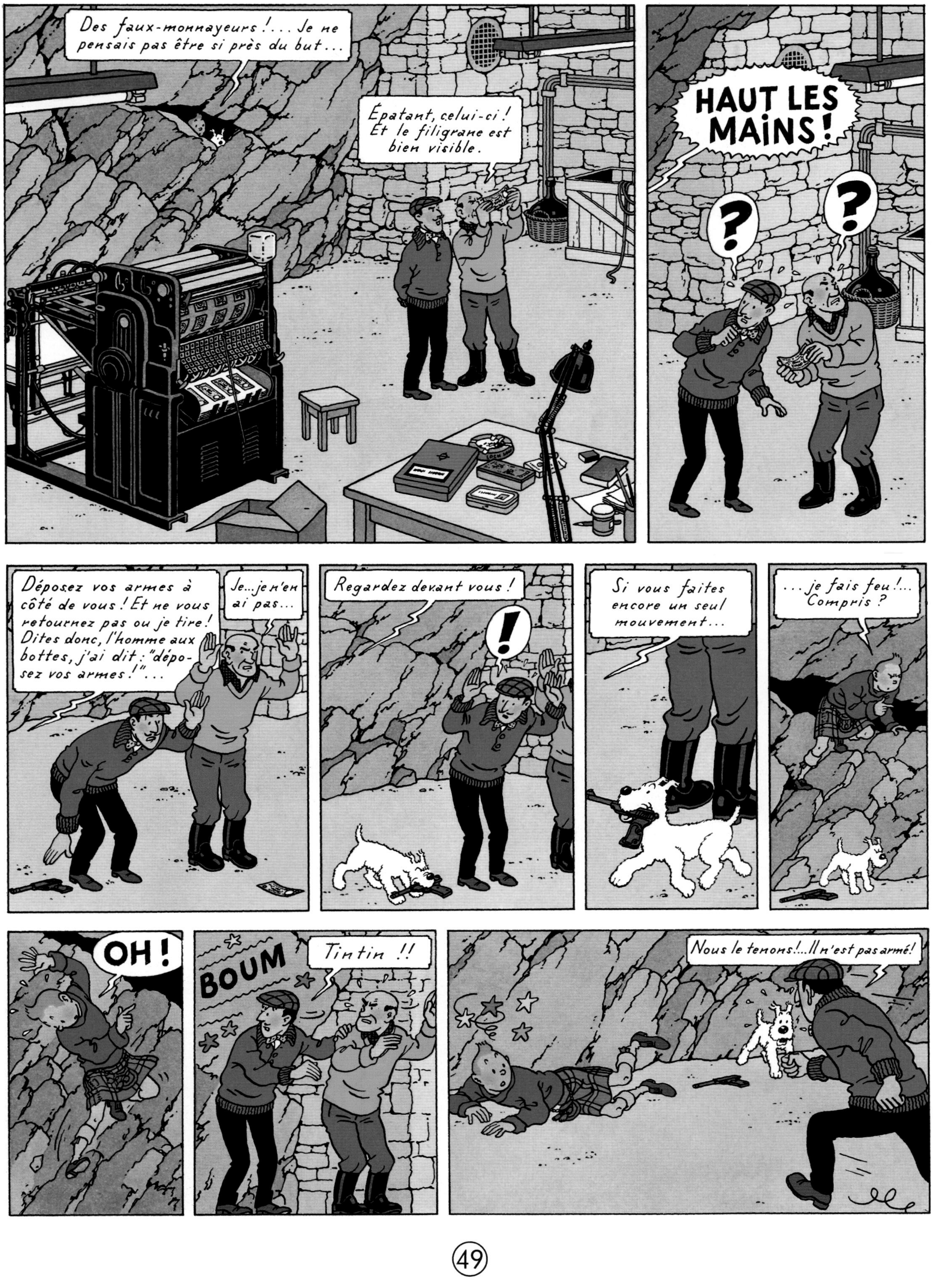
Des faux-monnayeurs !... Je ne pensais pas être si près du but...
Épatant, celui-ci ! Et le filigrane est bien visible.
HAUT LES MAINS !
?
?
Déposez vos armes à côté de vous ! Et ne vous retournez pas ou je tire ! Dites donc, l'homme aux bottes, j'ai dit : "déposez vos armes !"...
Je... je n'en ai pas...
Regardez devant vous !
!
Si vous faites encore un seul mouvement...
... je fais feu !... Compris ?
OH !
BOUM
Tintin !!
Nous le tenons !... Il n'est pas armé !

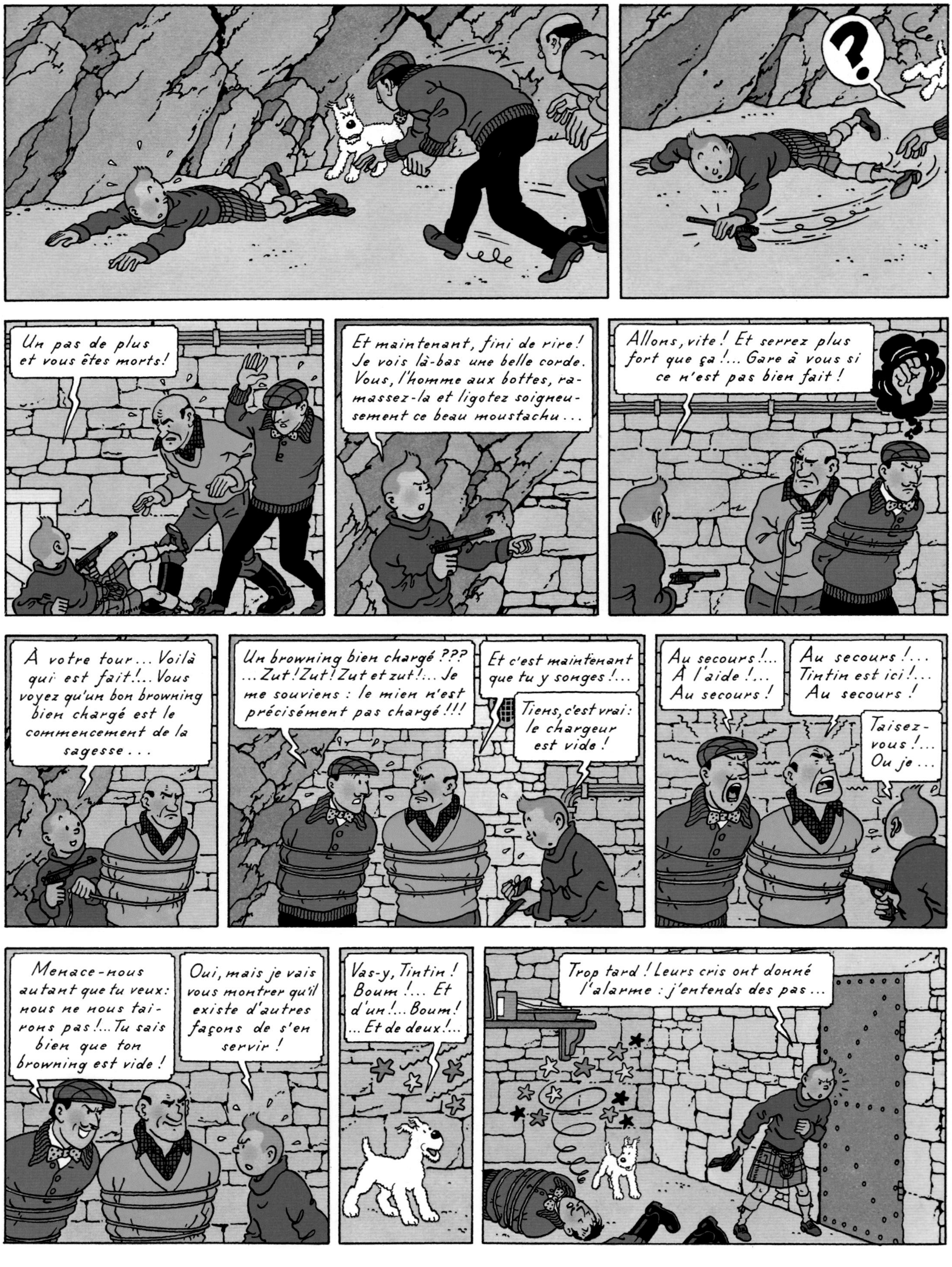
?
Un pas de plus et vous êtes morts !
Et maintenant, fini de rire ! Je vois là-bas une belle corde. Vous, l'homme aux bottes, ramassez-la et ligotez soigneusement ce beau moustachu...
Allons, vite ! Et serrez plus fort que ça !... Gare à vous si ce n'est pas bien fait !
À votre tour... Voilà qui est fait !... Vous voyez qu'un bon browning bien chargé est le commencement de la sagesse...
Un browning bien chargé ??? ...Zut ! Zut ! Zut et zut !... Je me souviens : le mien n'est précisément pas chargé !!!
Et c'est maintenant que tu y songes !...
Tiens, c'est vrai : le chargeur est vide !
Au secours !... À l'aide !... Au secours !
Au secours !... Tintin est ici !... Au secours !
Taisez-vous !... Ou je...
Menace-nous autant que tu veux : nous ne nous tairons pas !... Tu sais bien que ton browning est vide !
Oui, mais je vais vous montrer qu'il existe d'autres façons de s'en servir !
Vas-y, Tintin ! Boum !... Et d'un !... Boum ! ...Et de deux !...
Trop tard ! Leurs cris ont donné l'alarme : j'entends des pas...

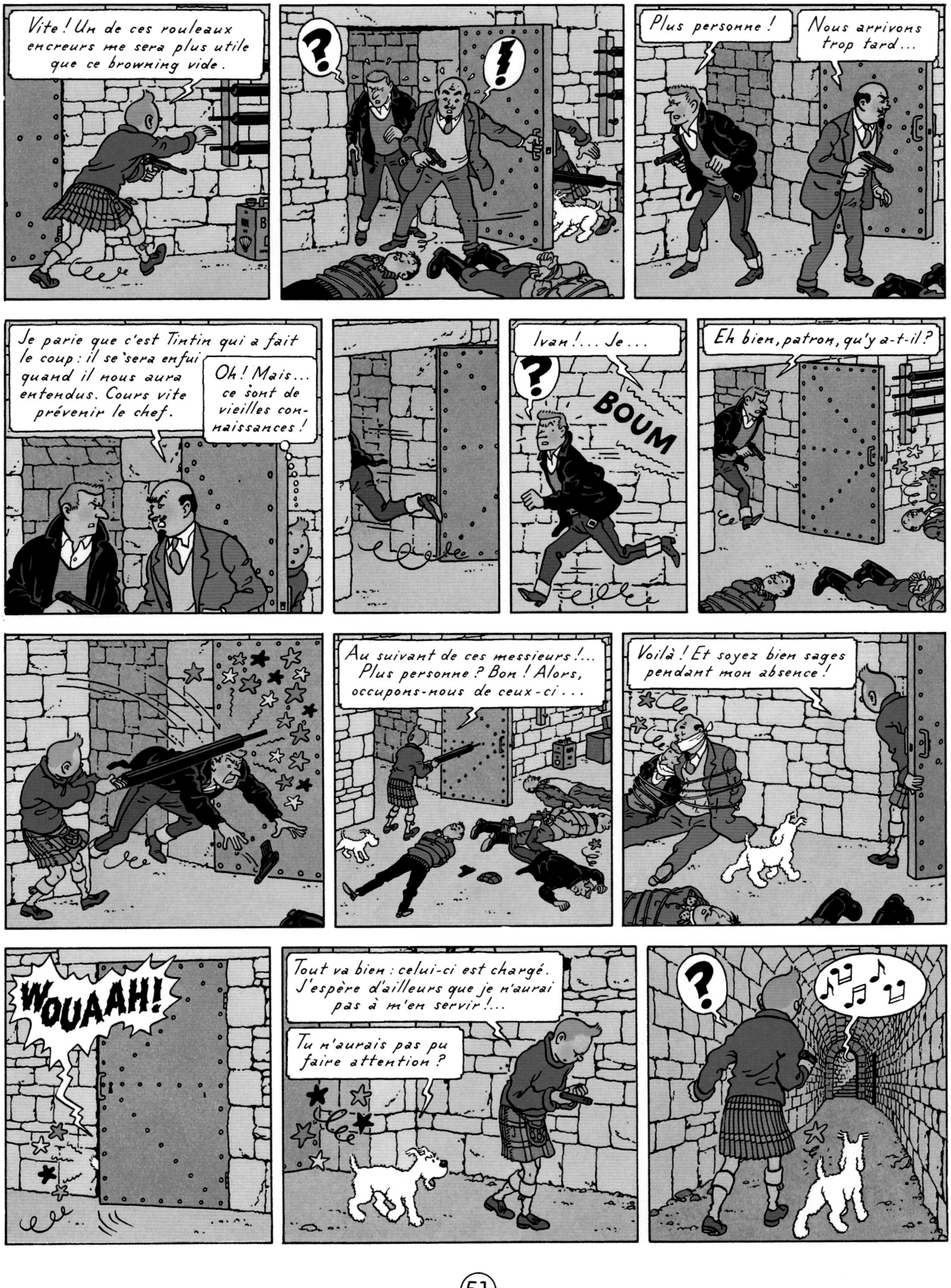

Vite ! Un de ces rouleaux encreurs me sera plus utile que ce browning vide.
?
!
Plus personne !
Nous arrivons trop tard...
Je parie que c'est Tintin qui a fait le coup : il se sera enfui quand il nous aura entendus. Cours vite prévenir le chef.
Oh ! Mais... ce sont de vieilles connaissances !
Ivan !... Je...
?
BOUM
Eh bien, patron, qu'y a-t-il ?
Au suivant de ces messieurs !... Plus personne ? Bon ! Alors, occupons-nous de ceux-ci...
Voilà ! Et soyez bien sages pendant mon absence !
WOUAAH !
Tout va bien : celui-ci est chargé. J'espère d'ailleurs que je n'aurai pas à m'en servir !...
Tu n'aurais pas pu faire attention ?
?

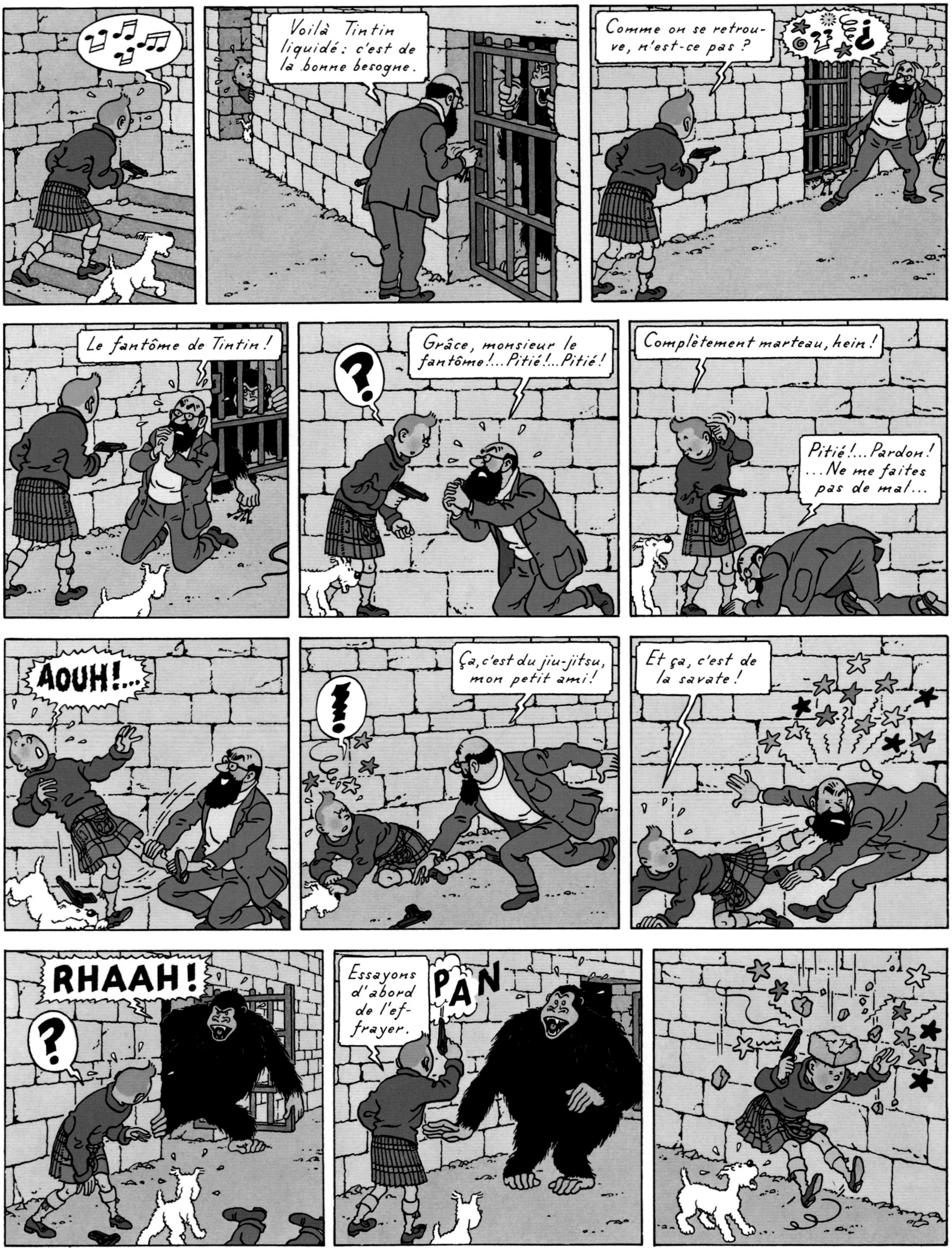
Voilà Tintin liquidé : c'est de la bonne besogne.
Comme on se retrouve, n'est-ce pas ?
Le fantôme de Tintin !
Grâce, monsieur le fantôme !... Pitié !... Pitié !
Complètement marteau, hein !
Pitié !... Pardon ! ...Ne me faites pas de mal...
AOUH !...
Ça, c'est du jiu-jitsu, mon petit ami !
Et ça, c'est de la savate !
RHAAH !
Essayons d'abord de l'effrayer.
PAN

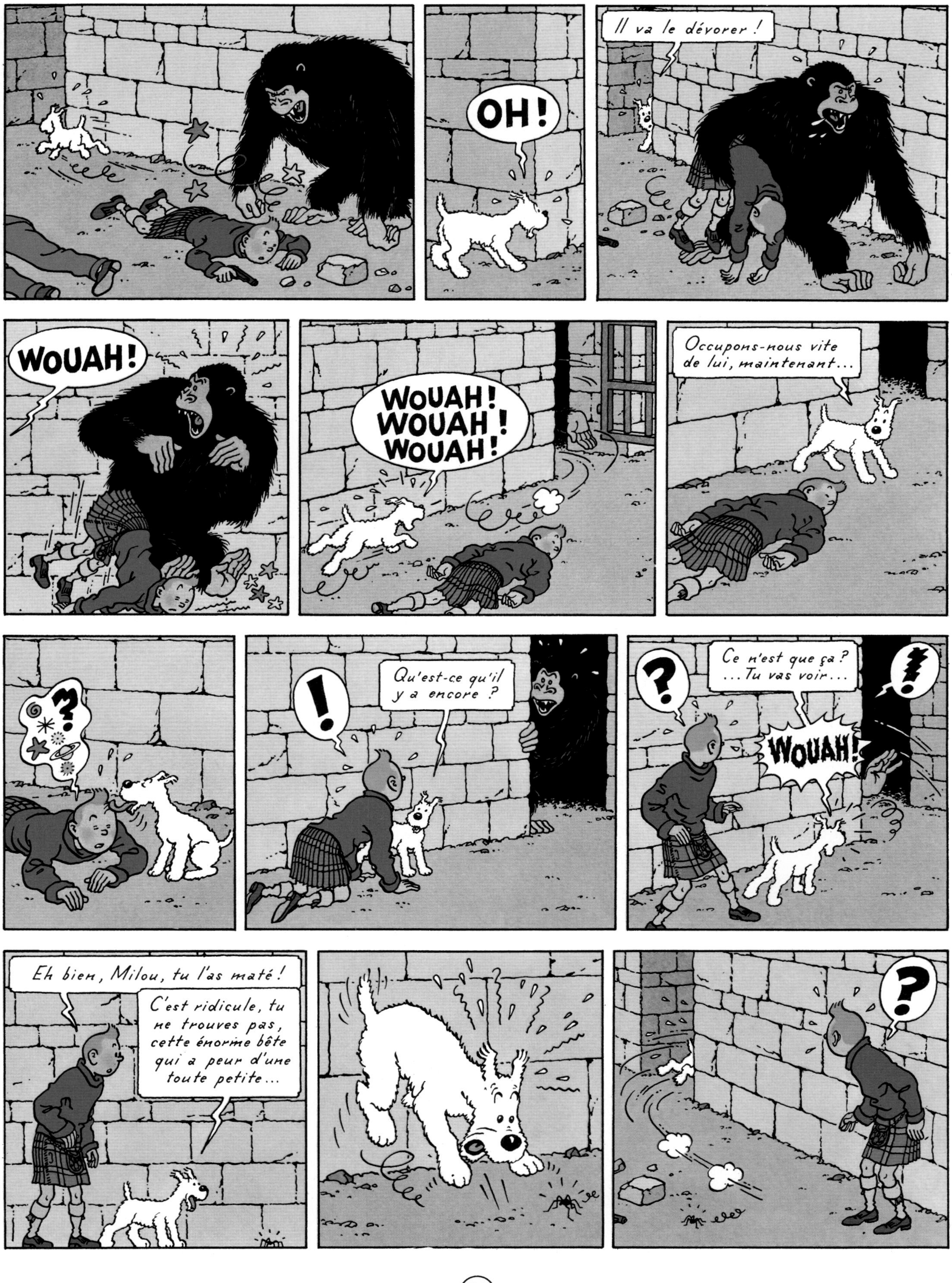
OH !
Il va le dévorer !
WOUAH !
WOUAH ! WOUAH ! WOUAH !
Occupons-nous vite de lui, maintenant...
?
!
Qu'est-ce qu'il y a encore ?
?
Ce n'est que ça ? ...Tu vas voir...
WOUAH !
Eh bien, Milou, tu l'as maté !
C'est ridicule, tu ne trouves pas, cette énorme bête qui a peur d'une toute petite...
?

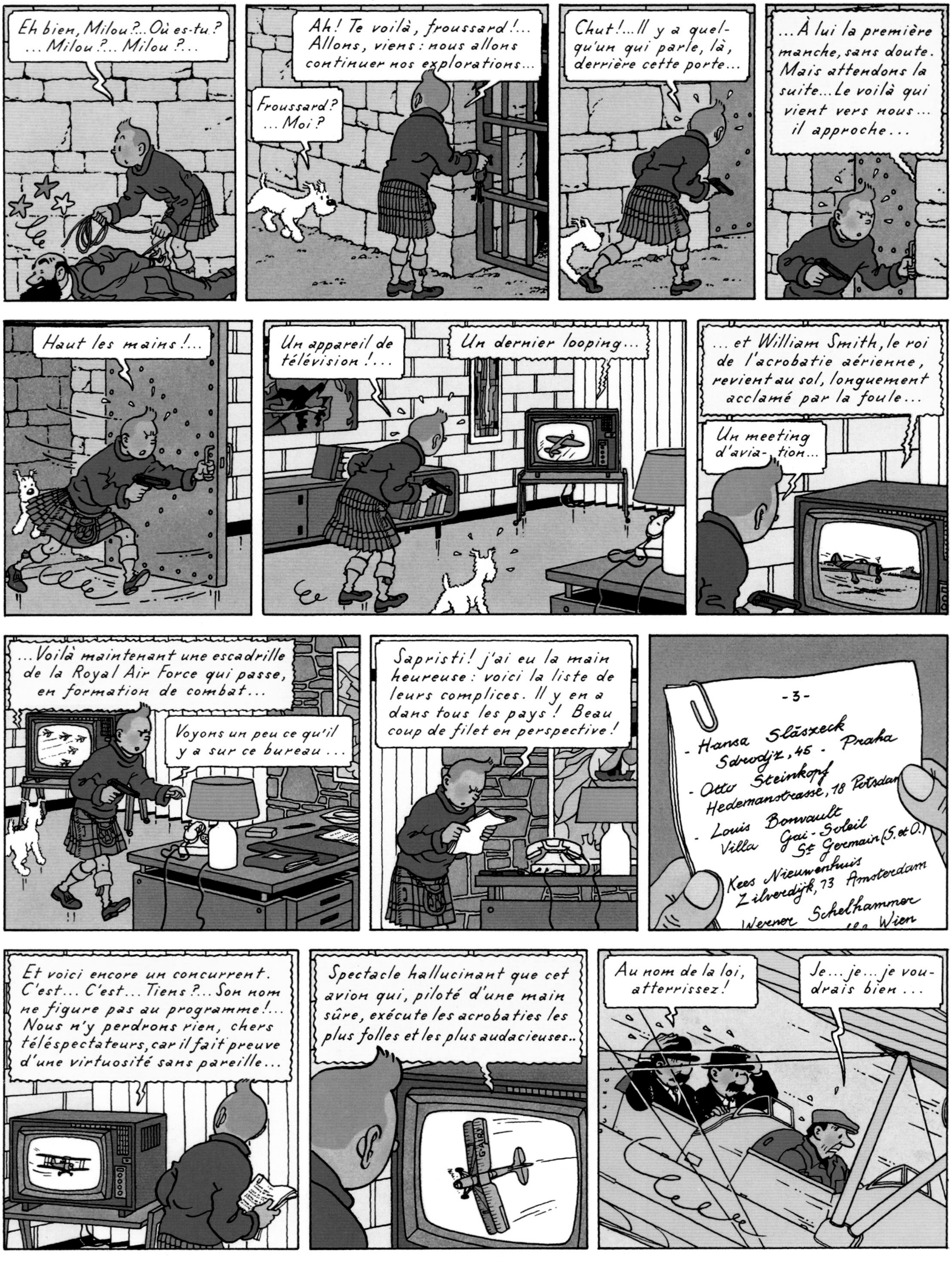
Eh bien, Milou ?... Où es-tu ? ... Milou ?... Milou ?...
Ah ! Te voilà, froussard !... Allons, viens : nous allons continuer nos explorations...
Froussard ? ... Moi ?
Chut !... Il y a quelqu'un qui parle, là, derrière cette porte...
... À lui la première manche, sans doute. Mais attendons la suite... Le voilà qui vient vers nous... il approche...
Haut les mains !...
Un appareil de télévision !...
Un dernier looping...
... et William Smith, le roi de l'acrobatie aérienne, revient au sol, longuement acclamé par la foule...
Un meeting d'aviation...
... Voilà maintenant une escadrille de la Royal Air Force qui passe, en formation de combat...
Voyons un peu ce qu'il y a sur ce bureau...
Sapristi ! j'ai eu la main heureuse : voici la liste de leurs complices. Il y en a dans tous les pays ! Beau coup de filet en perspective !
- 3 -
- Hansa Släszeck
Sdrodjz, 45 - Praha
- Otto Steinkopf
Hedemanstrasse, 18 Potsdam
- Louis Bonvault
Villa Gai-Soleil
St Germain (S. et O.)
Kees Nieuwenhuis
Zilverdijk, 73 Amsterdam
Werner Schelhammer
Wien
Et voici encore un concurrent. C'est... C'est... Tiens ?... Son nom ne figure pas au programme !... Nous n'y perdrons rien, chers téléspectateurs, car il fait preuve d'une virtuosité sans pareille...
Spectacle hallucinant que cet avion qui, piloté d'une main sûre, exécute les acrobaties les plus folles et les plus audacieuses..
Au nom de la loi, atterrissez !
Je... je... je voudrais bien...

Comme un bolide, l'appareil vient de passer à ras de terre et remonte en chandelle....

Allez-vous vous décider à atterrir, oui ou non ?

Le voilà qui pique de nouveau vers le sol... mais c'est pour amorcer aussitôt un superbe looping et... Mon Dieu! un des passagers vient d'être vidé de son siège!

Ah! nous voilà pris, chers téléspectateurs. C'est bien la plus.périlleuse prouesse....

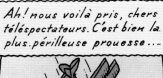

...qu'il nous ait été donné d'admirer. Cette fois, l'appareil semble vouloir atterrir ... Le moteur s'arrête ....

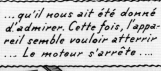

... l'avion touche le sol... il rebondit ...

...et, dernière acrobatie, fait encore un. saut périlleux avant de se poser définitivement sur le sol.

Hourra ! À l'unanimité, le jury vous attribue la coupe d'acrobatie aérienne.

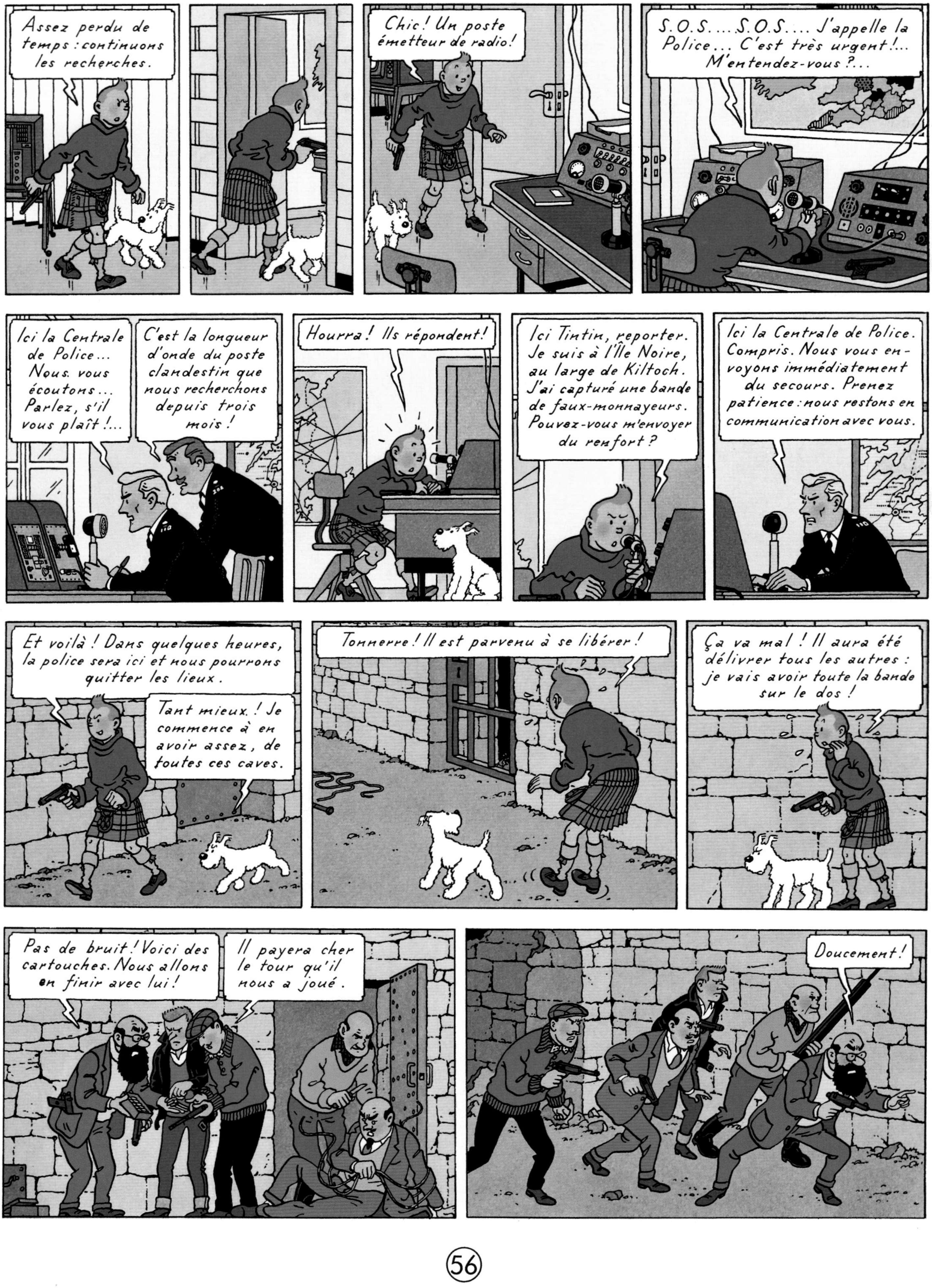

Assez perdu de temps : continuons les recherches.
Chic ! Un poste émetteur de radio !
S.O.S. ... S.O.S. ... J'appelle la Police... C'est très urgent !... M'entendez-vous ?...
Ici la Centrale de Police... Nous vous écoutons... Parlez, s'il vous plaît !...
C'est la longueur d'onde du poste clandestin que nous recherchons depuis trois mois !
Hourra ! Ils répondent !
Ici Tintin, reporter. Je suis à l'Île Noire, au large de Kiltoch. J'ai capturé une bande de faux-monnayeurs. Pouvez-vous m'envoyer du renfort ?
Ici la Centrale de Police. Compris. Nous vous envoyons immédiatement du secours. Prenez patience : nous restons en communication avec vous.
Et voilà ! Dans quelques heures, la police sera ici et nous pourrons quitter les lieux.
Tant mieux ! Je commence à en avoir assez, de toutes ces caves.
Tonnerre ! Il est parvenu à se libérer !
Ça va mal ! Il aura été délivrer tous les autres : je vais avoir toute la bande sur le dos !
Pas de bruit ! Voici des cartouches. Nous allons en finir avec lui !
Il payera cher le tour qu'il nous a joué.
Doucement !

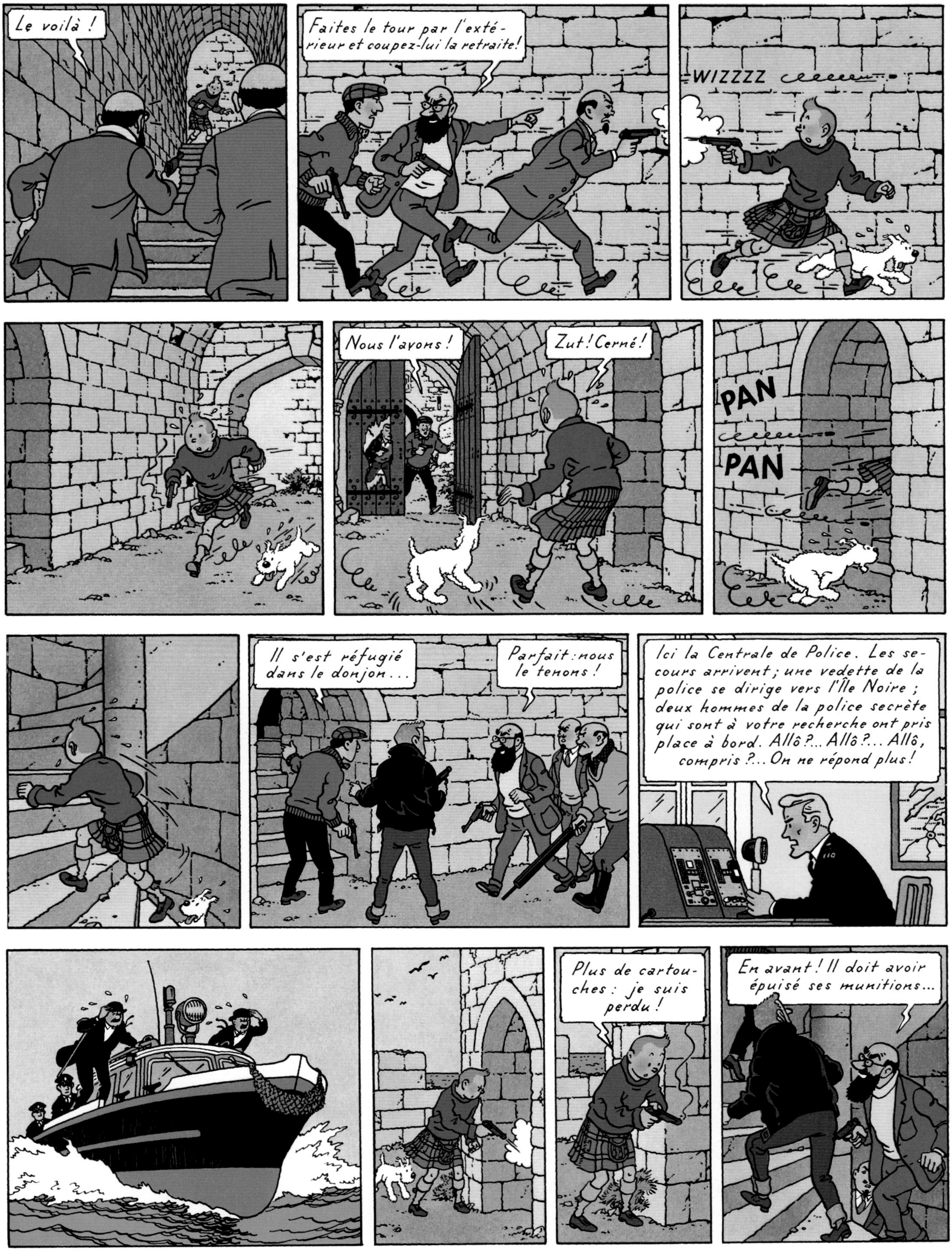
Le voilà !
Faites le tour par l'exté-rieur et coupez-lui la retraite!
WIZZZZ
Nous l'avons !
Zut! Cerné!
PAN
PAN
Il s'est réfugié dans le donjon ...
Parfait: nous le tenons !
Ici la Centrale de Police. Les se-cours arrivent; une vedette de la police se dirige vers l'Île Noire ; deux hommes de la police secrète qui sont à votre recherche ont pris place à bord. Allô ?... Allô ?... Allô, compris ?... On ne répond plus!
Plus de cartou-ches : je suis perdu !
En avant! Il doit avoir épuisé ses munitions...

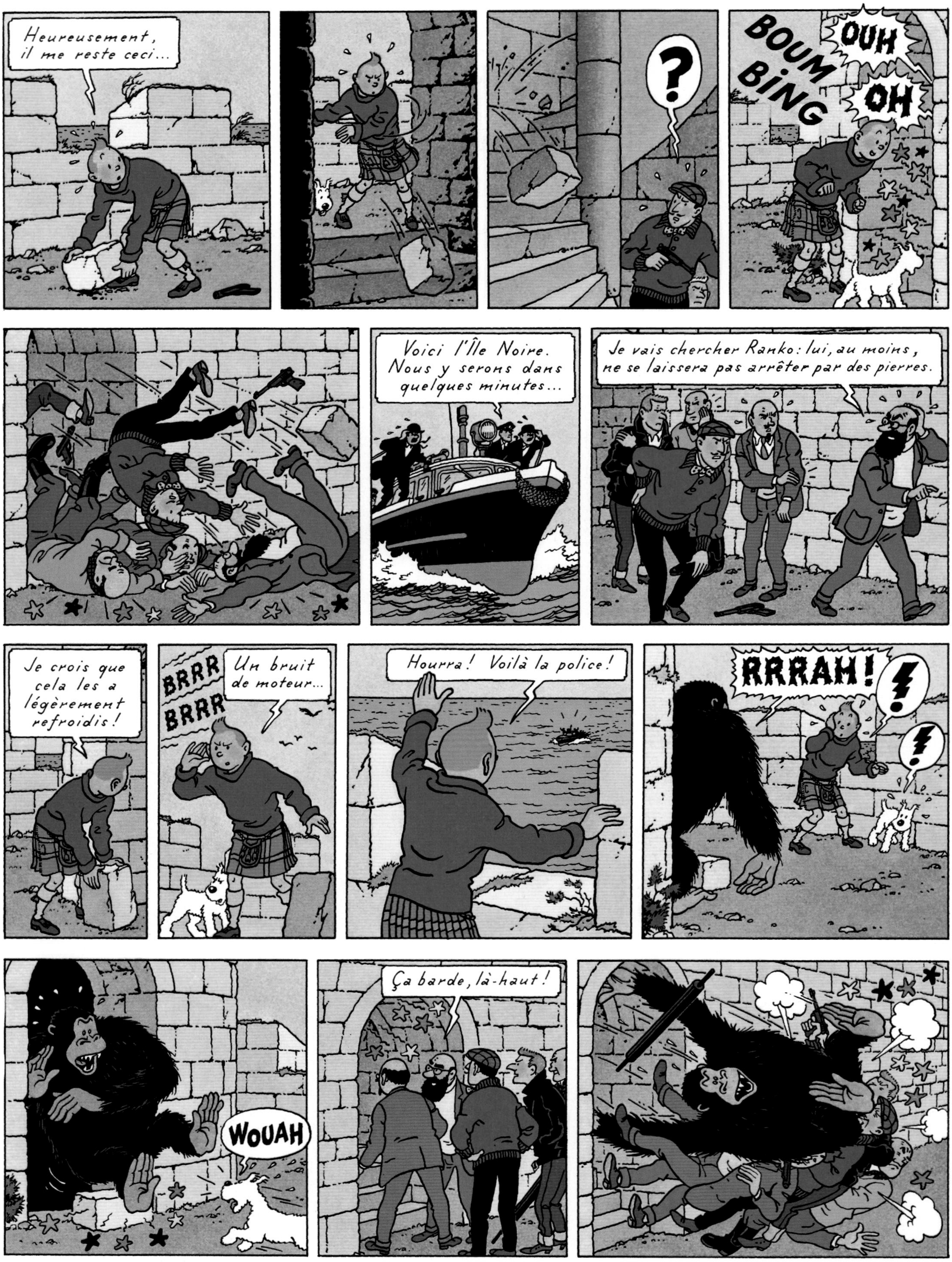

Heureusement, il me reste ceci...
?
BOUM
BING
OUH
OH
Voici l'Île Noire. Nous y serons dans quelques minutes...
Je vais chercher Ranko: lui, au moins, ne se laissera pas arrêter par des pierres.
Je crois que cela les a légèrement refroidis!
BRRR
BRRR
Un bruit de moteur...
Hourra! Voilà la police!
RRRAH!
WOUAH
Ça barde, là-haut!

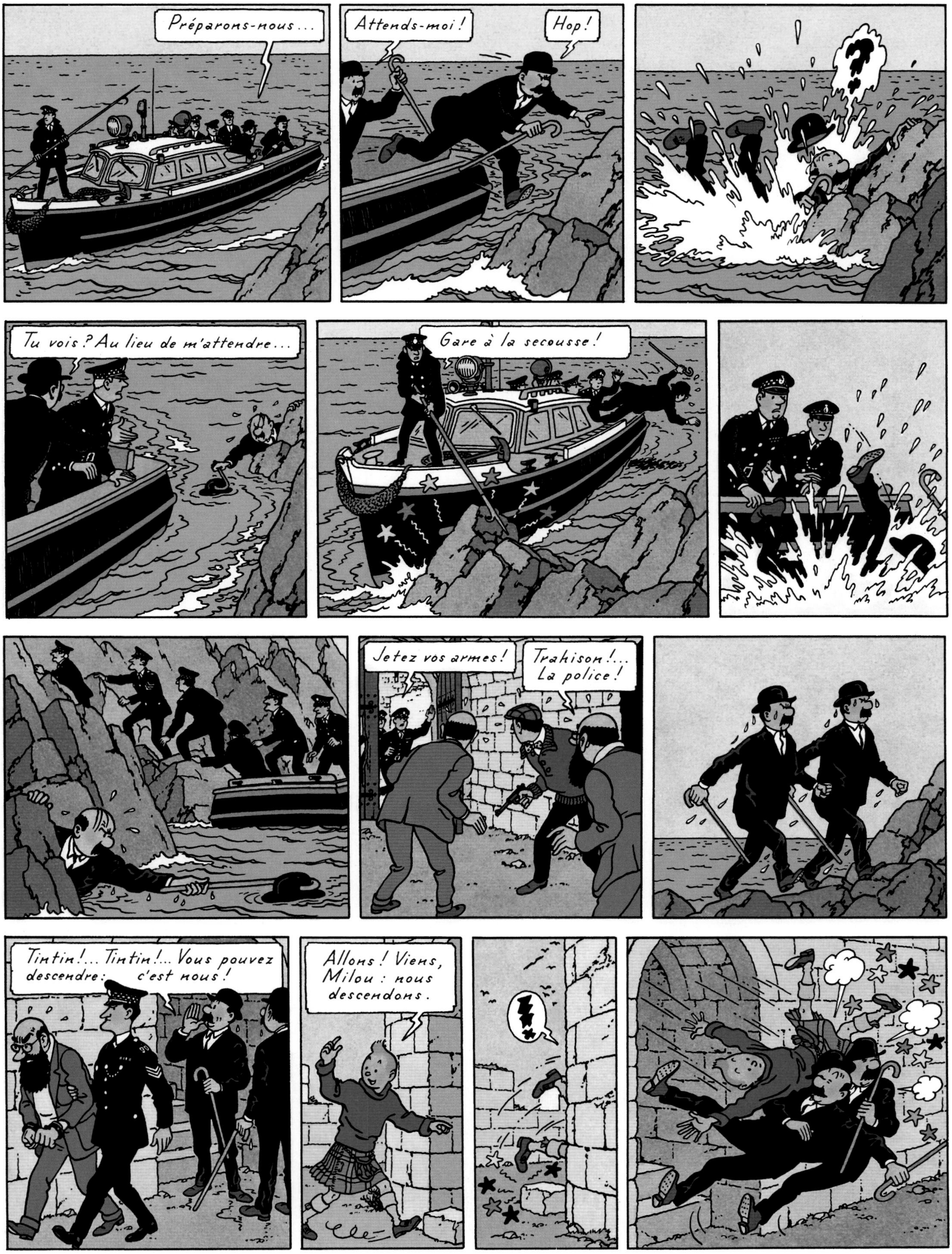
Préparons-nous...
Attends-moi!
Hop!
Tu vois? Au lieu de m'attendre...
Gare à la secousse!
Jetez vos armes!
Trahison!... La police!
Tintin!... Tintin!... Vous pouvez descendre: c'est nous!
Allons! Viens, Milou: nous descendons.

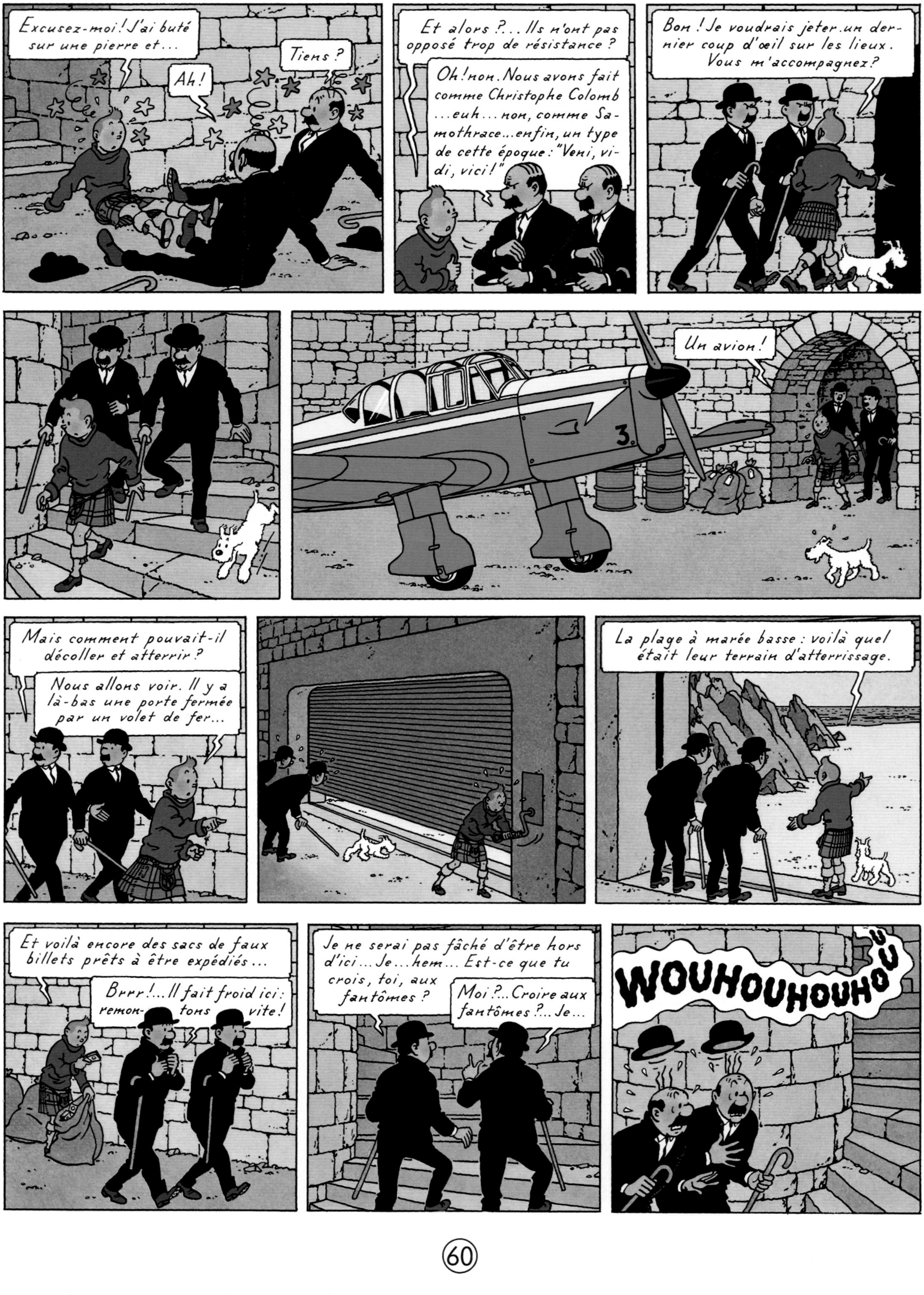

Excusez-moi! J'ai buté sur une pierre et...
Ah!
Tiens?
Et alors?... Ils n'ont pas opposé trop de résistance?
Oh! non. Nous avons fait comme Christophe Colomb ...euh... non, comme Samothrace... enfin, un type de cette époque: "Veni, vidi, vici!"
Bon! Je voudrais jeter un dernier coup d'œil sur les lieux. Vous m'accompagnez?
Un avion!
Mais comment pouvait-il décoller et atterrir?
Nous allons voir. Il y a là-bas une porte fermée par un volet de fer...
La plage à marée basse: voilà quel était leur terrain d'atterrissage.
Et voilà encore des sacs de faux billets prêts à être expédiés...
Brrr!... Il fait froid ici: remontons vite!
Je ne serai pas fâché d'être hors d'ici... Je... hem... Est-ce que tu crois, toi, aux fantômes?
Moi?... Croire aux fantômes?... Je...
WOUHOUHOUHOUUU

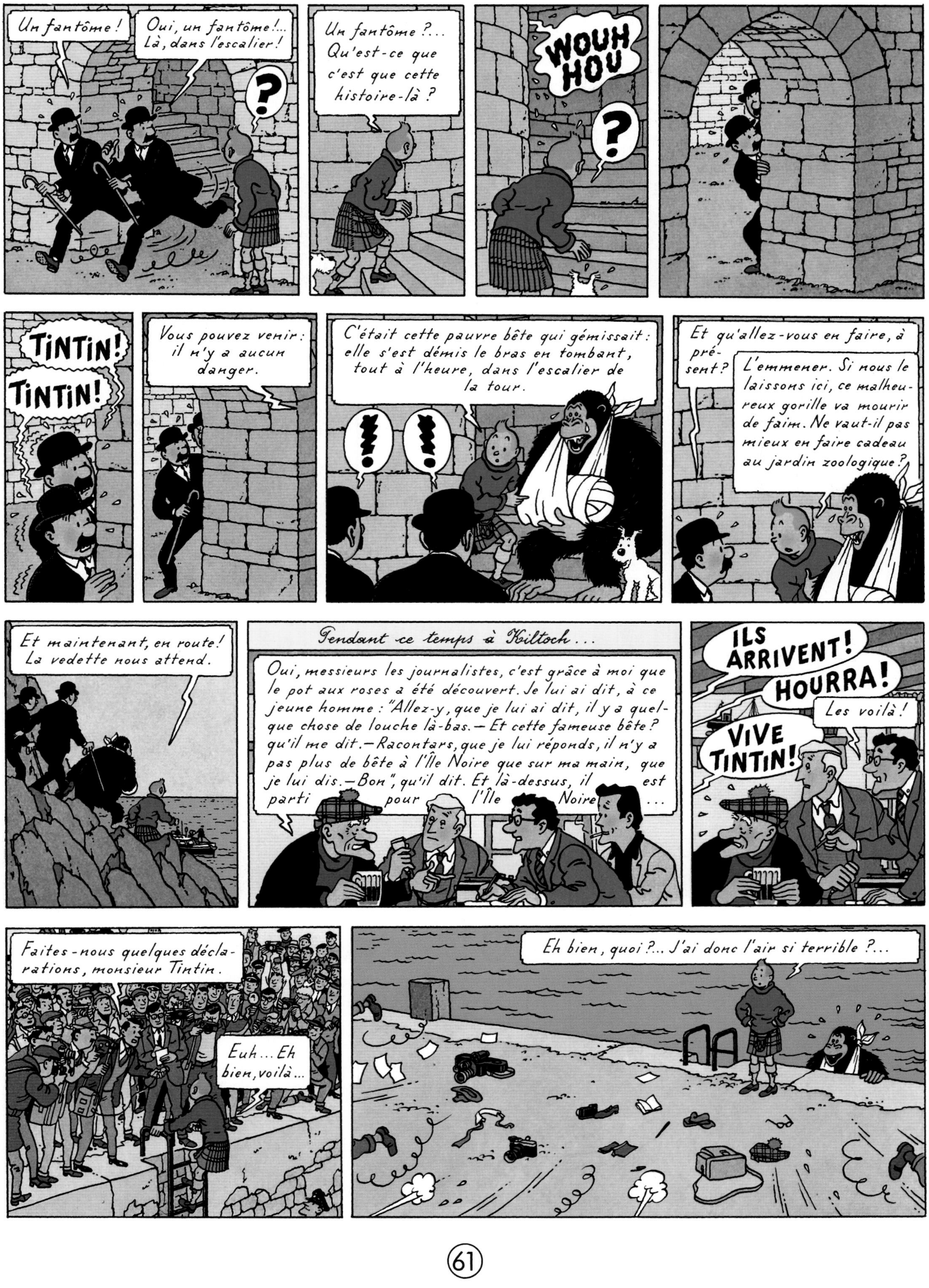
Un fantôme !
Oui, un fantôme !... Là, dans l'escalier !
?
Un fantôme ?... Qu'est-ce que c'est que cette histoire-là ?
WOUH HOU
?
TINTIN !
TINTIN !
Vous pouvez venir : il n'y a aucun danger.
C'était cette pauvre bête qui gémissait : elle s'est démis le bras en tombant, tout à l'heure, dans l'escalier de la tour.
Et qu'allez-vous en faire, à présent ?
L'emmener. Si nous le laissons ici, ce malheureux gorille va mourir de faim. Ne vaut-il pas mieux en faire cadeau au jardin zoologique ?
Et maintenant, en route ! La vedette nous attend.
Pendant ce temps à Kiltoch ...
Oui, messieurs les journalistes, c'est grâce à moi que le pot aux roses a été découvert. Je lui ai dit, à ce jeune homme : "Allez-y, que je lui ai dit, il y a quelque chose de louche là-bas. — Et cette fameuse bête ? qu'il me dit. — Racontars, que je lui réponds, il n'y a pas plus de bête à l'Île Noire que sur ma main, que je lui dis. — Bon", qu'il dit. Et là-dessus, il est parti pour l'Île Noire ...
ILS ARRIVENT !
HOURRA !
Les voilà !
VIVE TINTIN !
Faites-nous quelques déclarations, monsieur Tintin.
Euh ... Eh bien, voilà ...
Eh bien, quoi ?... J'ai donc l'air si terrible ?...

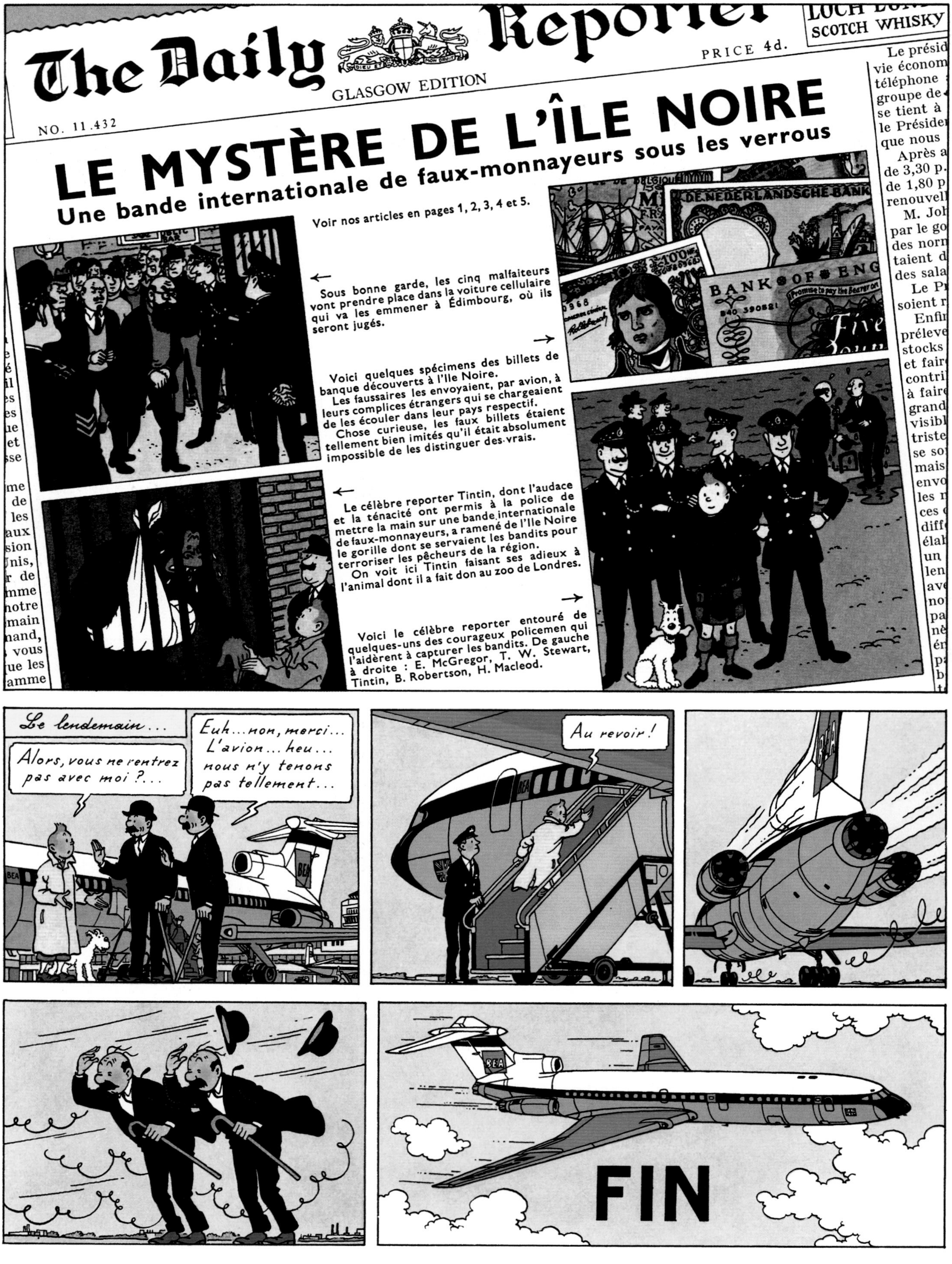
The Daily Reporter
GLASGOW EDITION
PRICE 4d.
NO. 11.432
LOCH LOMOND
SCOTCH WHISKY
LE MYSTÈRE DE L'ÎLE NOIRE
Une bande internationale de faux-monnayeurs sous les verrous
Voir nos articles en pages 1, 2, 3, 4 et 5.
Sous bonne garde, les cinq malfaiteurs vont prendre place dans la voiture cellulaire qui va les emmener à Édimbourg, où ils seront jugés.
Voici quelques spécimens des billets de banque découverts à l'Ile Noire.
Les faussaires les envoyaient, par avion, à leurs complices étrangers qui se chargeaient de les écouler dans leur pays respectif.
Chose curieuse, les faux billets étaient tellement bien imités qu'il était absolument impossible de les distinguer des vrais.
Le célèbre reporter Tintin, dont l'audace et la ténacité ont permis à la police de mettre la main sur une bande internationale de faux-monnayeurs, a ramené de l'Ile Noire le gorille dont se servaient les bandits pour terroriser les pêcheurs de la région.
On voit ici Tintin faisant ses adieux à l'animal dont il a fait don au zoo de Londres.
Voici le célèbre reporter entouré de quelques-uns des courageux policemen qui l'aidèrent à capturer les bandits. De gauche à droite : E. McGregor, T. W. Stewart, Tintin, B. Robertson, H. Macleod.
DE NEDERLANDSCHE BANK
BANK OF ENGLAND
Le lendemain...
Alors, vous ne rentrez pas avec moi ?...
Euh... non, merci... L'avion... heu... nous n'y tenons pas tellement...
BEA
Au revoir !
BEA
FIN